Sisu

CW00807271

Adieu Mon Capitaine!

Eine Persiflage auf die ZDF-Serie „Küstenwache" mit
einem Vorwort von Rüdiger Joswig

SiSu

Adieu Mon Capitaine!

Eine Persiflage auf die ZDF-Serie „Küstenwache" mit
einem Vorwort von Rüdiger Joswig

Bibliografische Information der Deutschen Nationalbibliothek. Die Deutsche Nationalbibliothek verzeichnet diese Publikation in der Deutschen Nationalbibliografie. Detaillierte bibliografische Daten sind im Internet über http://dnb.d-nb.de aufrufbar

Adieu Mon Capitaine !
2021© Silvia Sumpf
Titelfoto. © by M.D.
Herstellung und Verlag: BoD - Books on Demand, Norderstedt
ISBN-Nr. 9783753490632

„Die Küstenwache"

„Die Küsten eines Landes sind offene Grenzen, offen für Handel und Tourismus, aber auch für Verbrechen. Um die Sicherheit auf dem Meer zu wahren, haben sich der Bundesgrenzschutz[1], der Zoll und andere Behörden zu einer Polizei auf See zusammengeschlossen; sie sind die Küstenwache."

(Stimme von Bodo Wolf als Einleitung im Vorspann der Serie)
Quelle: Wikipedia

Hinweis: Alle Personen in dieser Story und deren Handlung sind frei erfunden. Ähnlichkeiten mit lebenden Personen sind weder beabsichtigt, noch gewollt und wären rein zufällig.

---

[1] Früher Bundesgrenzschutz

Inhalt

Die Charaktere 10

Wem die Stunde schlägt… 45

Chanson d 'Amour 70

Überraschung! 82

Die Liebe ist ein seltsames Spiel 97

Ende gut – alles gut? 101

Über den Autor und die Story 116

Die Geschichte hinter der Geschichte 120

Vorwort von Rüdiger Joswig

Wenn ich an die 16 Jahre Dreharbeiten für die *„Küstenwache"* zurückdenke, dann vor allem mit Dankbarkeit. Danke den Fans, die uns über so lange Zeit treu geblieben sind, denn nur die vielen Zuschauer haben das ZDF überzeugt, 17 Staffeln dieser Serie in Auftrag zu geben.

Dankbarkeit aber auch, weil ich das Glück hatte, den Kapitän spielen zu dürfen – wenigsten 50 % in unserem Job sind dem Glück zu verdanken, so eine tolle Rolle zu spielen. Wenn mein Kindheitstraum auch nicht der Kapitän auf dem Wasser, sondern in der Luft war, so durfte ich zumindest einen *Kapitän* spielen, und das mit größter Freude.

Welch ein Glück, mit so tollen Kollegen - ob vor oder hinter der Kamera – arbeiten zu können; zu drehen, dort wo andere Urlaub machen, an und auf der Ostsee zu arbeiten und dort auch zu wohnen!

Natürlich war nicht alles nur *„Friede, Freude, Eierkuchen"*. Es hat auch Streit gegeben, Auseinandersetzungen und nicht jeder Drehtag ging in Harmonie zu Ende. Wäre bei einer solchen Arbeit und so vielen unterschiedlichen Charakteren ein geradezu unerträglicher Friede.

Nicht zu denken an die Drehtage im Winter und Herbst, wo bei Kontrollbootfahrten in voller Fahrt der Regen sich im

Gesicht wie tausend Nadelstiche anfühlte, oder – bei Minustemperaturen in die Ostsee gehen zu müssen. Oder – 4 Wochen hintereinander nur Brücke, Einsatzzentrale und in Grubers Büro zu drehen, denn die lagen alle im Studio. Doch das war schnell vergessen und die Freude an der Arbeit gewann immer wieder die Überhand.

Meine zahlreichen Verletzungen, die ich bei den Stunts erfahren musste, werden mir auch im Gedächtnis bleiben; einen spüre ich heute noch in meinem Rücken! Und ein Sturz, bei dem ich mein komplettes Gesicht lädierte wird mir auch aufgrund seiner unfreiwilligen Komik unvergesslich bleiben! Wir hatten – um Verbrecher zu stellen – über einen langen Bootssteg zu laufen und ich musste laut: *„Stehenbleiben! Küstenwache!"*, rufen. Und siehe da – statt stehenzubleiben – stolperte ich und rutschte mit meinem Gesicht über den rauen Steg. Eine mit 18 Stichen genähte Nasenspitze, ein gebrochener, seltsam verbogener Finger und Schürfwunden von der Stirn bis zum Kinn waren das Ergebnis. Aber Helden haben keine Zeit, krank zu sein, deshalb ich ging ich als *„Kapitän Ehlers"* nach 9 Tagen wieder auf Verbrecherjagd.

Der Abschied nach 16 Staffeln fiel mir wahrlich nicht leicht, das Herz tat mir noch lange weh, hatte doch der Kopf entschieden, für immer *„von der Brücke zu gehen"*.

Ich hoffe, dass sich – so wie ich – auch die zahlreichen Fans immer gerne an die *„**Küstenwache**"*, dem ersten Krimi auf See des Deutschen Fernsehens, erinnern. Vielleicht gibt es mal eine Neuauflage, dann mit Ehlers als verdeckter Ermittler.

Ich habe den *Holger* sehr gemocht. Wie er sich bei Außenstehenden und vor allem gegenüber *Gruber* immer schützend vor „seine Crew" gestellt und verteidigt, doch intern konstruktiv kritisiert hat. Sein Gerechtigkeitssinn imponierte mir und deckte sich mit dem meinigen.

Allerdings lagen zwischen seinen und meinem Ordnungssinn kleine Welten. Gar nicht mochte ich, dass er Frühaufsteher war, denn ich musste immer mit ihm aufstehen. Abgesehen davon hatte ich eine angenehme Zeit mit ihm und hoffe, dass es ihm gut geht.

Herzliche Grüße,

Die Charaktere

Kapitän Helge Ehring, EPHK – erster Polizeihauptkommissar (63)

Seines Zeichens schon ergrauter, aber ehrwürdiger Vertreter seiner Altersklasse, der seit über 40 Jahren seinen Dienst bei der **Wasserschutzpolizei unterer Niederrhein auf der WSP63** versieht. Die **WSP62** hat er leider bei einer Havarie im Hafen von Emmerich auf Grund gesetzt. Ehring ist zweimal geschieden, hat danach nicht wieder geheiratet. Er hat einen missratenen Sohn aus erster Ehe, der Besitzer einer Erotik-Ladenkette im Ruhrgebiet ist. Seit Ehrings letzter Ehe mit der gleichaltrigen Marianne hat er Bindungsangst und liebt seine Freiheit, die er vehement verteidigt. Aber er liebt die jüngeren Frauen und die Frauen lieben ihn. Gern gesehener Gast in diversen Etablissements.

Wiebke Hügel (43), POK – Polizeioberkommissarin wachhabende Offizierin (W.O.) und Stellvertreter von Ehring auf der WSP63

Sie ist eine sehr selbstbewusste, attraktive, aber dominante Frau. Rasselt immer wieder wegen diverser Autoritätsprobleme mit ihrem Kapitän zusammen, krallt sich hin und wieder mit ihrem obersten Boss, dem leitenden Polizeidirektor Heinrich Grübchen wegen Dienstplänen und Co. Ist liiert mit dem Kapitän des Schwesternschiffes der **WSP63**, der **WSP59**. Was regelmäßig für Ärger sorgt, wenn **Theo Zander** Vertretung auf der **WSP63** macht. Die beiden können ihre amourösen Anwandlungen kaum in Schach halten. Sehr zum Ärgernis von Grübchen und Ehring.

10

Torben Nörgel (37) PK- Polizeikommissar Sanitäter und Smutje auf der WSP63

Er ist ein fabelhafter und sehr hilfsbereiter Kollege, der bei der Crew wegen seiner schlechten Kochkünste jedoch mehr gefürchtet als beliebt ist. Leider lässt die finanzielle Lage der unteren Wasserschutzpolizeibehörde einen gut bezahlten Koch nicht zu und so muss die Besatzung der **WSP63** das Risiko oft in Kauf nehmen, zwischen Essgeschirr und Badkeramik ihr Dasein zu fristen. Gott sei Dank sind seine Qualitäten als Sanitäter um Klassen besser als seine Kochkünste. Nörgel, ist alleinstehend und findet keine Frau, die seiner Mutter das Wasser reichen könnte, was ihn sehr nervt, obwohl er ist ein typisches Mama-Kind ist. Die Mama entscheidet, welche Frau gut genug ist für ihren Sohn, nicht der Sohn. Zu seinem Leidwesen ist sein Onkel Heinrich auch noch der direkte Vorgesetzte von Ehring und leitender Polizeidirektor der Dienststelle. Auf dies Art und Weise ist seine Mutter über alle Aktivitäten von Nörgel im Bilde.

Martin Feddervieh – (37) PK – Polizeikommissar und Maschinist auf der WSP63

Wie Ehring ist auch er geschieden, möchte aber gerne seine Frau zurück, die aus gutem Grund aber nicht will. Frauen sind nicht sein Ding, seine Liebe gehört der **WSP63**. Hat einen irren Tick mit Gurken. Wann immer man ihn sieht, hat er eine saure Gurke im Mund. Die Mannschaft ist genervt davon, aber da der vorherige Maschinist immer einen alten, stinkenden Zigarrenstummel zwischen den Zähnen hatte, nimmt die Crew ihm das nicht allzu übel. Gurken stinken nicht nach Nikotin. Feddervieh ist ein dröger Vertreter seiner Art, der seine Maschine liebt und alles dafür tun würde, nur damit es der

WSP63 nicht schlecht geht. Als Ehring die **WSP62** auf Grund gesetzt hat, lag er mit einer posttraumatischen Belastungsdepression ein halbes Jahr lang in einer Klinik.

Florian Reiter (32) PM – Polizeimeister und Kommunikationstechniker im Team der WSP63

Wird liebevoll von allen – mit Ausnahme von Ehring – mit Flo angeredet. Ist mit Nörgel gut befreundet, verzichtet jedoch wegen Torbens Kochkünste auf jegliches Abendessen mit ihm außerhalb eines Restaurants. Ärgert sich regelmäßig wegen **Mia Ohlsens** kesser Lippe. Die beiden sind wie Feuer und Wasser, jedenfalls tun sie so. Bei richtiger Betrachtung finden sich die beiden klasse, aber da Flos Herz immer noch an der Vorgängerin von Mia hängt, braucht der einen kräftigen Tritt in den Hintern. Meint jedenfalls Ohlsen. Seine heimliche Liebe ist aber sein *FIAT 500 C (Cabrio)*, namens *Stracciatella*.

Mia Ohlsen (25) PM – Polizeimeisterin und Bootsfrau auf der WSP63

Das „*Küken*" unter der Besatzung. Sehr frech, flippig, und noch … sehr jung. Aber unglaublich liebenswert und ein echter Hingucker. Ehring und alle anderen finden Mia süß, aber – weil sie ein loses Mundwerk hat, ist sie nicht immer einfach zu handeln. Ehring hegt väterliche Gefühle für Mia, währenddessen Nörgel gerne zarte Liebesbande knüpfen möchte. Florian Reiter will seinen Freund und Kollegen gerne davor beschützen, und behindert so immer wieder die Avancen, die Nörgel seiner Kollegin zu machen versucht.

Heinrich Grübchen, (62) leitender Polizeidirektor der Einsatzstelle.

Der Einsatzleiter und leitender Polizeidirektor mit väterlichem Touch für sein Team. Ehrings direkter Vorgesetzter und der Onkel von Torben Nörgel. Grübchen ist sehr konservativ, hat antiquierte Ansichten über zwischenmenschliche Beziehung und eine sehr enge Auslegung der Dienstvorschriften. Ehring bekommt sich permanent mit ihm in die Wolle. Grübchen ist von sich sehr überzeugt und glaubt, er wäre sehr belesen und intellektuell. Glaubt er – ist er aber nicht. Heinrich war verheiratet, ist aber schon seit Jahren geschieden. Hat sich danach, wie auch Ehring, nicht mehr gebunden. Im Moment ist sein Ehebett auf der anderen Seite verwaist, was ihn nicht davon abhält, über die Liebe zu philosophieren.

Kapitän Theo Zander, EPHK – erster Polizeihauptkommissar (40), Kapitän der WSP59

Gehört zwar nicht zur festen Besatzung der **WSP63**, ist aber Ehrings Stellvertreter bei Einsätzen, wenn Ehring Urlaub hat oder krank ist. Ob er Kapitän Ehring nach dessen Pensionierung ersetzen wird, ist noch fraglich. Hat eine Beziehung zu Wiebke Hügel, der W.O. auf der **WSP63**. Zander ist verrückt nach Wiebke, so wie sie nach ihm. Aus weiblicher Sicht verständlich, wenn man sich Zander in knappen Shorts und Shirts anschaut. Sieht verteufelt gut aus und könnte James Bond – alias Daniel Craig echte Konkurrenz machen, was seinen Körper angeht. Über seine geistigen Qualitäten schweigen wir uns an der Stelle aus.

Alles hat seinen Preis!

Ehring steht vor dem Fenster seines Wohnzimmers und schaut grimmig in den Garten hinaus. Um diese Jahreszeit ist der Garten traumhaft, aber es interessiert ihn momentan nicht wirklich. Der Rhododendron blüht in lila, weiß und zartrosa und auch die restliche, sehr üppige Blütenpracht macht diesen Garten zu dieser Jahreszeit einzigartig, doch nach so einer Augenweide steht Ehring im Moment nicht der Sinn; er ist sauer über die *„Abschieds-WhatsApp"* seiner Freundin Kara, die er gestern erhalten hat. Das muss er zunächst verdauen.

So eine Unverschämtheit, denkt er! Kara wagt es sich, einem Mann wie ihm den Laufpass per WhatsApp zu geben! Das hätte es zu seiner Zeit nicht gegeben! Gut, zu seiner Zeit gab es weder Handys noch **WhatsApp** und Facebook, da hat man so etwas persönlich geregelt. Und nur, weil er den letzten Termin mit Kara auf dem Standesamt versemmelt hat. Weiber! So etwas von nachtragend!

Er fuhr einen Einsatz mit der **WSP63**, um 2 Kleinkriminelle zu fassen, obwohl er seinen freien Tag hatte! Was ist denn schon das Standesamt dagegen?

Helge ist immer noch sehr wütend darüber, dass sie es war, die ihm - *„Adieu Mon Capitaine!"*- über **WhatsApp** schrieb. Über die restliche Wortwahl möchte der Kapitän nicht mehr nachdenken müssen, denn das hat ihn sehr verletzt.

Instinktiv greift er in seine Hosentasche und fingert sein **SAMSUNG S21** ® heraus. Na warte, denkt er, das hast du nicht trocken gefressen! Er öffnet **WhatsApp®** und wählt Karas Nummer aus den Kontakten.

Er schreibt:

„Was bildest du dir eigentlich ein, du blöde Kuh! Wenn hier
jemand Schluss macht, bin ICH es!
ICH bin der Mann, NICHT DU!
ICH BIN DER KÄPT'N!
PS: - Ich habe die ganze Zeit über die Orgasmen gefaked!
Gruß Helge"

Sein Zeigefinger tippt auf *„Senden"* und schon fliegt die **WhatsApp®** per 5G Verbindung zu Kara. Ha!!! Der dämlichen Ziege hat er es aber gezeigt! Er verstaut mit einer gewissen Genugtuung das Mobiltelefon wieder in seiner Hosentasche. Darauf soll die sich noch einmal melden! Pustekuchen – die könnte jetzt angekrochen kommen, da würde sich bei ihm nichts mehr regen. Einen Ehring behandelt man so nicht! Der Kapitän ist geladen und auf 180! Er läuft im Wohnzimmer wie ein gehetzter Hund auf und ab. Das macht niemand mit ihm, auch keine Kara! Soll sie bleiben, wo der Pfeffer wächst! Jawohl!!

Heute hat er nach langer Zeit wieder einen freien Tag, aber eigentlich Lust auf gar nichts. Er schaut auf seine **Rolex®** am linken Handgelenk, die er sich beim letzten Austauscheinsatz auf interdisziplinärer Basis in Frankreich gekauft hatte. Supergünstig sogar! Er ist sich sicher, dass der Typ, der ihm die Uhr verkauft hatte, nicht richtig sehen konnte. Jedermann weiß, dass so eine Uhr nicht unter 5000 € zu haben ist, und der Typ wollte nur 500 €. Hat wohl das Preisschild nicht lesen können, denkt er grinsend. Seine Laune ist zwar etwas besser, aber er ist immer noch wütend auf Kara. Selbst schuld, denkt er, das kommt davon, wenn man sich mit jungen Frauen einlässt. Ständig wollen die auf seine Kosten shoppen gehen, gackern ewig herum und möchten, dass er als Mann ihnen die Welt zu Füßen legt. Doch nicht nur das! Wenn sie pfeifen, sollen wir Männer springen! Soweit käme das noch, denkt er sich. Es muss schon eine Menge an Geld an seine letzte Frau Marianne abdrücken. Und so unendlich gut ist die Besoldung nicht nach dem Beamtentarif.

Missmutig schmeißt er sich mit einem Satz auf seine 3-Sitzer Couch von **IKEA TYP EKTORP** ® und grapscht nach der Fernbedienung seines **XIAOMI-®-Fernsehers 82 Zoll.** Auf dem Bildschirm erscheint *irgendeine blöde Sendung, die* wieder einmal Beziehungsprobleme bearbeitet. Davon angewidert davon switcht er einen Kanal weiter. Ne, also von Beziehungsproblemen hat er im Moment die Nase voll.

Sein „innerer Adonis" sitzt in der Ecke und schmollt. Er schaut Helge sauer wegen des ab jetzt fehlenden Bett-Aktivismus über die Brille an.

Ehring verdreht die Augen und beißt sich auf die Unterlippe. Scheiße! Ab jetzt keinen Sex mehr und im Fernsehen ist auch nichts drin. Wie soll das enden, wenn er zum Jahresende in den Ruhestand tritt? Und jede Woche einmal in den Klub gehen, ist ihm ehrlich gesagt zu teuer. Das gilt auch für die bildhübschen Damen aus dem Escortservice von Miss Amelié. Helge steht abrupt auf und schmeißt vor lauter Wut darüber die Fernbedienung in die Ecke der Couch. Mist! Ob er sich das wirklich gut genug überlegt hat, sich jetzt schon pensionieren zu lassen? Eigentlich hat er es wegen Kara gemacht, aber muss er das jetzt haben, wo sie weg ist? Er wird noch mal mit Grübchen reden müssen, vielleicht kann er in die Altersteilzeit gehen. Völlig in Gedanken versunken, hätte er beinahe das Telefon überhört. Er holt erneut das bimmelnde Mobiltelefon aus seiner Hosentasche heraus. Auf dem Display erscheint das Foto von Florian Reiter.

„Reiter! Was gibt es?", seine Stimme klingt unüberhörbar genervt.

„Ähh - hallo Kapitän Ehring,", meldet sich Florian zaghaft am anderen Ende der Leitung zu Wort, *„Chef – ich habe da ein Problem…"*

„Oh Gott, Reiter – wann kriegen sie endlich ihre privaten Weibergeschichten geregelt? Dafür rufen sie mich an meinem freien Tag an?"

Ziemlich genervt läuft der Kapitän der **WSP63** in seinem Wohnzimmer auf und ab.

„Nein, Kapitän, ich bitte sie,", sagt Florian kleinlaut, *„nicht das, was sie denken … es geht um die **WSP63**! Die ist im Moment auf ihrem Kurs nach Koblenz nicht erreichbar! Ich versuche das schon seit etlichen Stunden!"*

Ehring schnaubt wie eine alte Dampflokomotive. Er weiß, dass dort ein Erfahrungsaustausch stattfindet, und Grübchen hat Kapitän Zander als seine Vertretung dort eingesetzt, weil Ehring sowieso bald in Pension geht.

„War ja klar!", sagt er böse, *„Machen Zander und Hügel auf der **WSP63** Dienst?"*

„Yep, Boss – machen sie…", sagt Flo kleinlaut, denn er weiß, dass der Kapitän das nicht gerne sieht.

Ehring schwant etwas … Wenn man diese beiden einmal zusammenlässt…! Er schüttelt verständnislos den Kopf. Manche Männer kriegen einfach ihre Testosterone nicht in den Griff!

Florian druckst herum. Ihm ist das unangenehm, weil er weiß, dass der Chef immer geladen ist, wenn er hört, dass die Vertretung auf der **WSP63** von Theo Zander übernommen wird.

„Die Kollegen aus Koblenz haben sich gemeldet, weil die Crew nicht am vereinbarten Treffpunkt aufgekreuzt ist,", raunt Flo kleinlaut, *„also habe ich mehrfach versucht, die* **WSP63** *zu erreichen. Doch der Kontakt ist völlig abgerissen."*

„Und sie sind sicher, dass Zander und Hügel nicht wieder in den Betten liegen und etwas anderes schieben, als gerade den Dienst?", schnauzt der Kapitän ihn an. Ehring ist jetzt sauer. Das bleibt selbst Reiter nicht verborgen.

Ehrings „innerer Adonis" macht einen Luftsprung! DAS hätte er jetzt auch gerne! Aber leider ist Kara weg und etwas Neues ist nicht in Sicht … Adonis beißt sich auf seine Unterlippe, verdreht die Augen und setzt sich schmollend in die Ecke.

Und dieser Rotzschnösel von Zander steuert *sein* Schiff! Und steigt noch nebenbei ins Bett mit *seiner* W.O.!

„Chef – wir haben schon alles versucht, aber die **WSP63** *ist nun mal nicht in Koblenz erschienen und ist auch nicht erreichbar! Was immer es ist - irgendetwas stimmt da nicht!"*

Flo klingt sehr besorgt.

Ehring seufzt. Nicht mal an seinem freien Tag hat man vor diesen Idioten seine Ruhe! Er geht in Windeseile in den Flur, schnappt sich mit einer Hand seine Uniformjacke vom Garderobenhaken und eilt zur Haustür.

„Gut, gut – ich bin schon auf dem Weg, machen sie sich mal nicht in die Hose, Reiter!", sagt er genervt ins Telefon.

„Danke – Chef!"

Flo ist sichtlich erleichtert. Braucht er so nicht wieder Grübchen davon zu informieren. Das gibt eh' nur Stress. Außerdem ist es besser, sich selbst darum zu kümmern, als vor der Glotze zu sitzen, um irgendeine dämliche Vorabendserie zu schauen. Die einzig gescheite Sendung war für ihn immer *„Die Küstenwache"*, die leider abgesetzt wurde. Ob man mit dem Zweiten besser sieht, wagt er dabei zu bezweifeln. Ach ja, die Jungs bei der *Bundespolizei zur See,* seufzt er, die erleben wenigstens etwas anderes, als nur irgendwelche Idioten aus dem Rhein zu ziehen, die glauben, im Kielwasser von Küstenmotorschiffen locker zu surfen.

„Gerne!", brummt Helge ins Telefon, tippt auf *„Beenden"* und befördert es zurück in die Hosentasche.

Schnell schließt er die Haustür und mit einem Druck auf die Infrarot-Fernbedienung ist der **SUV** entriegelt. Prinzipiell braucht er den Wagen nicht darüber zu öffnen und zu schließen, letztlich hat ein sogenanntes „Key-Free-System". Tür anfassen – und zack - der Wagen ist auf. Doch Helge ist in dem Bereich sehr altmodisch. Ihm ist lieber, ein *„Knöpfchen"* zu drücken. Nun ja … Behände steigt Kapitän Ehring ins Auto und braust in Richtung Hafen davon.

Florian Reiter versucht in der Zwischenzeit immer wieder, die **WSP63** per Funk zu erreichen. Vergeblich. Außer einem Rauschen in der Leitung hört man nichts. Selbst das Mobiltelefon von Wiebke Hügel bleibt stumm. Er mutmaßt, dass Frau Hügel ihr Mobilteil ausgeschaltet hat, also ersucht er es bei Kapitän Zander. Doch hier hört er nur ein Freizeichen, mehr nicht. Flo will vor lauter Frust mit der Faust auf seinen Bürotisch schlagen, fängt aber im letzten Moment den Schlag ab.

„Scheiße – ihr Idioten! Geht endlich ans Telefon!!", sagt er mit gepresster Stimme.

Im selben Moment geht die Tür auf und Ehring tritt ein.

„Und…? Haben die sich jetzt endlich wieder zugeschaltet oder spielen die immer noch ‚toter Mann'?", fragt Ehring genervt.

Flo dreht sich schwungvoll mit seinem Bürodrehstuhl in Richtung Kapitän.

„Nein – kein Signal – nichts. Die nehmen nicht mal ihr Handy ab! Ich habe echt ein flaues Gefühl im Bauch, Chef…"

„Och nö! Nicht schon wieder! Haben sie von Nörgels merkwürdigem Essen gegessen? Mensch, Reiter, sie wissen doch wo das hinführt oder besser gesagt - abführt!!"

Ehring schaut ihn tadelnd an. Florian seufzt und verneint kopfschüttelnd. Das hätte ihm gerade noch gefehlt! Gott sei Dank ist ihm das erspart geblieben. Er hat sich bei *McDonald®* ein Kids-Menü gekauft, weil er so gerne diese Erdbeermilch trinkt … Außerdem wollte er die *„Kinderüberraschung"* haben. Zugegeben – Nörgels Gerichte sind zeitweise lebensgefährlich und nur mit ausreichender Lebensversicherungs- und Krankenpolice zu genießen.

„Chef – ich bitte sie! Ich mache mir Sorgen, weil die sich nicht melden! Im Übrigen habe ich von Torbens ungenießbaren Zeugs nichts angerührt!"

„Gott sei Dank! Dann bin ich beruhigt. Sonst müssten sie ihren Laptop auf die Toilette mitnehmen. Letzte Koordinaten der WSP63?"

Reiter zeigt Ehring am Laptop die letzte Stelle, von der das Signal der **WSP63** kam.

„Von hier aus kam das letzte Signal,", sagt Flo beunruhigt, *„und danach waren sie nicht mehr gesehen."*

„Das letzte Signal kam aus der Nähe von Xanten?", sagt Ehring erstaunt, als er auf die Karte in Florians Laptop blickt, *„ich denke, die sollten nach Koblenz?"*

„Das ist es ja Chef – völlig andere Richtung!"

„Vielleicht sind in einem schwarzen Loch verschwunden und in Xanten wieder herausgekommen?", fragt Ehring verschmitzt.

„Hier – am Niederrhein? Ein schwarzes Loch? So ein Unsinn!", sagt Flo entgeistert. Er hat schon so einiges gesehen – gerade hier. Kultur ist in manchen Kreisen unbekannt, und Künstler verschwinden oftmals in der Versenkung, aber ein schwarzes Loch mitten im Rhein?

„Nun," entgegnet Ehring süffisant, *„wenn das nicht stimmt, würde ich sagen, wir haben die Telefonrechnung nicht bezahlt. Sie verstehen – tote Hose in der ISDN-Dose?"*

Helge muss über seinen eigenen Witz lachen. Er hält die eigenen Witze ohnehin für die Besten, aber anhand Reiters Gesichtsausdruck sieht er, dass sein Kommunikationstechniker diesen Witz nicht verstanden hat. Flo sieht ihn fassungslos an. Er kann nicht glauben, dass der Boss nicht mal weiß, dass sie in der Zentrale schon lange kein ISDN mehr haben, sondern eine High-Speed-Internet-Leitung via Glasfaser… Außerdem gehen die Funkverbindungen zum Schiff ohnehin per Satellit! Zugegeben – es ist schon merkwürdig, dass auch die Handys abgeschaltet sind.

„Ja aber – die Mobiltelefone! Selbst die sind aus! Frau Hügel hat ihr Handy ansonsten immer an!", sagt Flo trotzig und ist entsetzt,

dass der Chef das nicht sehen will. Das macht ihn wütend, denn er spürt, dass da etwas ganz und gar nicht stimmt!

„Okay – okay!", sagt Ehring und holt tief Luft. Was wäre, wenn Reiter recht behält, überlegt er. Das wäre eine Katastrophe! Jetzt ist auch er mittlerweile ein wenig besorgt.

„Sie haben ja recht, Reiter. Außerdem will ich wissen, was die in Xanten machen, wenn der Treffpunkt Koblenz ist. Ich denke, wir werden Grübchen informieren müssen. Es ist bald dunkel, und wir müssen sie suchen."

Bei dem Gedanken an Grübchen beschleicht Ehring ein unangenehmes Gefühl. Aber egal – er wird mit dem Schwesterschiff, der **WSP59** diesen verdammten Rhein rauf und runterschippern, und zwar solange, bis er seine Crew gefunden hat! Die müssen irgendwo stecken! Ehring kommt nach einer Weile aus Grübchens Büro heraus und wirkt sichtlich genervt. Geistesabwesend fährt er sich mit seiner rechten Hand durch seine schon sehr ergrauten Haare. Die meisten Frauen fahren voll darauf ab, wenn er das tut und er weiß das. Doch heute scheint der Tag auf Ärger programmiert worden zu sein. Der Kapitän wirkt durch seine sportliche Statur viel jünger, als der Ausweis an wahrem Alter verrät. Außerdem ist er ein Mann mit sehr charismatischer Ausstrahlung, also ein Typ mit dem *„Gewissen etwas"*. Eine große Anzahl von Frauen steht darauf, weshalb es für ihn nie ein Problem ist, eine neue Frau zu finden. Nach Kara allerdings schwört er, in naher Zukunft kein weibliches Wesen mehr anzuschauen. Zumindest vorläufig nicht…

Er merkt, wie seine Gedanken zur **WSP63** zurückkehren. Egal – jedenfalls steht jetzt fest, dass an Bord seiner **WSP63** nichts stimmt, aber auch gar nichts! Sollte Zander ihm über den Weg läuft, kann der was erleben, sagt sich Helge. Sofort macht sich in seinen Gedanken eine Szene breit, bei der er Zander von seiner W.O. herunter pflückt … Na warte!

„Reiter, sie bleiben hier und halten die Stellung!", sagt Ehring mit einem gewissen aggressiven Unterton in der Stimme, *"Ich werde mich mit dem Kapitän der WSP59 auf die Suche nach meinem Schiff begeben. Irgendwo müssen die Deppen doch zu finden sein!"*

Florian nickt stumm und lehnt sich in seinen Bürosessel zurück. Verflixt noch eins, ihm ist übel, und er überlegt, ob Nörgel nicht womöglich nach Dienstende sein Gehalt bei McDonald® aufbessert. Wer weiß, vielleicht waren die Chickennuggets doch von Nörgel gemacht... Bah - beim Gedanken wird ihm noch schlechter…

Ehring hat mit Grübchen besprochen, nun doch die **WSP63** zu suchen. Während Florian in der Einsatzzentrale wie befohlen die Stellung hält und weiterhin versucht, die Mannschaft zu erreichen, stehen Helge und der diensthabende Kapitän auf der Brücke der **WSP59** und halten Ausschau nach der **WSP63**. Doch – nichts in Sicht, weder auf dem Radar, noch über Funk. Helge wird sichtlich nervöser, je später der Abend wird. Mittlerweile ist es schon weit nach Mitternacht. Seit Stunden suchen sie den Rhein zwischen Duisburg und Xanten immer wieder ab, leider ohne Erfolg.

„Verdammt noch eins, die müssen hier doch irgendwo sein!"

Der Kollege der **WSP59** setzt entnervt das Fernglas ab und schüttelt den Kopf: *„Wir haben weder eine Peilung noch sonst was. Die können doch mit dem Schiff nicht einfach verschwunden sein!"*

Helge trommelt derweil nervös mit den Fingern auf dem Kontrollbord herum. Er ist außer sich vor Wut!

„Nicht, dass Zander *mit der* **WSP63** *abgesoffen ist! Wenn doch -*
dann mache ich den fertig!", sagt er ziemlich böse.

Dass Zander ein Verhältnis mit Wiebke Hügel, seinem Wachhabenden weiblichen Offizier hat, stößt ihm jedes Mal sauer
auf. Hügel ist eine verdammt attraktive Frau, dazu ziemlich
dominant. Ein wenig zu dominant für Helges Geschmack,
aber die Vorstellung, seiner W.O. mal zu zeigen, dass auch
seine Maschine immer noch mit voller Kraft vorausläuft,
würde ihm sehr gefallen. Aber nein, dieser Schnösel von Theo
Sander schnappt ihm die W.O. weg! Ehring hängt diesen Gedanken nach, als der Kapitän der **WSP59** ihm das Sichtgerät
überreicht. Außer dem üblichen, geschäftigen Treiben der
Containerschiffe auf dem Rhein kann er die **WSP63** nicht aus-
machen. Dass Theo Zander dann auch noch womöglich sein
Schiff übernimmt, wenn er in Pension geht, wurmt ihn sehr.
Resigniert setzt er das Fernglas ab.

„Wir wenden und fahren zurück. Morgen ist auch noch ein Tag!"

Während die WSP58 wieder den Heimathafen von Duisburg
ansteuert, steht Nörgel zwischenzeitlich in der Kombüse und
überlegt, wie viel Messlöffel Kaffee wohl die ausreichende
Menge sein könnte, um eine ganze Kanne Kaffee zu kochen.
Er schaut ratlos in den Filter.

„Mhm … soll ich nicht doch noch einen Meßlöffel mehr drauf tun?",
fragt er sich laut selber, *„Was würde Mama denn jetzt machen?"*

„Also meine Mutter hätte gesagt, lieber ein bisserl mehr, dann
schmeckt es auch."

Wiebke Hügel steht lässig angelehnt im Türrahmen und
grinst. Torben starrt sie verdutzt an.

„Wirklich?" Das hat ihre Mutter gesagt?"

Torben schaut sie ungläubig an. Die W.O. lächelt.

"Ach, Herr Nörgel, Mütter habe oft recht mit dem, was sie sagen. Hätte ich auf meine Mutter gehört, wäre ich jetzt mit einem steinreichen alten Bock verheiratet und hätte finanziell ausgesorgt. Aber nein! Ich musste ja unbedingt zur Polizei gehen…"

Sie seufzt, was Nörgel dazu veranlasst, einen gehäuften Kaffeelöffel mehr an Kaffeepulver in den Filter der Kaffeemaschine zu schütten. Er rastet den Filter ein und tippt auf den Schalter für *„on"*. Die Kaffeemaschine nimmt röchelnd ihren Dienst auf.

„Kann ich sie mal was fragen, Frau Hügel,", sagt Nörgel leise und geht dabei an die W.O. sehr nah ran, *„ich meine…,"* dabei schaut er sich vorsichtig um, *„es ist vielleicht ein bisschen, wie soll ich sagen…"*

Nörgel stoppt den Satz. Die Frage scheint ihm offenbar peinlich zu sein. Wiebke Hügel schaut ihn belustigt an.

„Was ist denn für sie ein bisschen? Ein bisschen indiskret? Also was wollen sie mich fragen, Nörgel? Wie ich mich mit Zander vergnüge? Oder wie ich die Versuche von Ehring, mich anzubaggern, abwehre?"

Nörgel sieht sie fassungslos an. Der Kapitän baggert die Hügel an? Das ist ihm nie aufgefallen, aber jetzt, wo sie es sagt, fällt es ihm auch auf. Vor allem, wenn er die W.O. mit seinen Blicken fast auszieht! Nörgel wirkt verlegen.

„Nein, um Gottes willen, Frau Hügel wo denken sie hin."

Die Kaffeemaschine ist fast schon durchgelaufen und er schnappt sich eine Tasse aus dem Tassenständer.

„Sie auch?"

Wiebke nickte freundlich.

„Ja gerne und wie immer – schwarz! So wie meine Dessous."

Sie lacht laut auf. Lachen wirkt immer so befreiend, denkt sie. Außerdem findet sie – wie auch der Kapitän - die eigenen Witze immer zum Schießen!

Huch, denkt Nörgel, wie geil ist das denn! Die trägt schwarze Dessous? Während er zitternd den Kaffee in die Tassen schüttet, stellt er sich vor, wie Wiebke Hügel in schwarzer Lack-Korsage und Straps-Strümpfen mit Zander die olympischen Bettspiele eröffnet ...

Er wird jäh aus seinen Gedanken gerissen, weil er den Kaffee verschüttet. Wiebke lacht erneut laut auf.

„Herr Nörgel, Herr Nörgel – wo sind sie bloß mit ihren Gedanken!"

Torben läuft im Gesicht rot an. Er schämt sich, weil sie seine Gedanken scheinbar erraten hat. Verlegen nimmt er mehrere Blätter von der Papierküchenrolle und wischt mit hochrotem Kopf die Kaffeelache von der Arbeitsfläche weg. Ihm ist sein Missgeschick sichtlich peinlich. Wiebke sieht ihn an und muss ihren Lachanfall unterdrücken. Sie schnappt sich ihre Tasse und macht einen Schluck. Im Nu ist ihre gute Laune verflogen und sie verzieht angeekelt ihr Gesicht. Angewidert spuckt sie den Kaffee in den Ausguss der Spüle und stellt den Kaffeetopf auf die Ablage.

„Igitt!!! Nörgel – der weckt ja Tote auf! Pfui Deibel!", schreit sie angewidert, „Selbst das können sie nicht mal! Unglaublich!", sie schüttelt verständnislos den Kopf, „Meine Mutter sagte immer, wenn du Kaffee kochen kannst, dann kannst du auch heiraten!"

Torben ist pikiert. Gerade noch rekelte sie sich in seinen Gedanken in schwarzer Strapscorsage auf seinem Bett und nun blafft sie ihn an. Das kann er gar nicht verstehen! Und soooo schlecht ist sein Kaffee nicht, aber möglicherweise hat sie Recht mit dem Heiraten. Vielleicht ist der schlechte Kaffee der Grund, warum er keine Freundin findet, denkt er. Außerdem wollte er sie etwas fragen, und jetzt ist sie sauer auf ihn. Er mutmaßt, dass er sich das jetzt schenken kann.

„Wollten sie mich nicht etwas fragen, Herr Nörgel?"

Wiebkes Stimme wechselt jetzt von freundlich auf ziemlich zickig. Sie hat noch den ekligen Geschmack von Torbens Brühe, die er Kaffee nennt, auf der Zunge. Widerlich!

„Ach – ja... ich ...", stottert er aus lauter Verlegenheit, *„ich will ja nicht die Qualitäten von ihnen oder Kapitän Zander infrage stellen, aber ... wo fahren wir eigentlich heute hin? Ich habe das Gefühl, wir drehen uns im Kreis."*

„Quatsch", erwidert sie und tippt sich mit ihrem rechten Zeigefinger an die Stirn, *„sie spinnen doch ... wir halten weiterhin Kurs in Richtung Koblenz. Eigentlich müssten wir in Kürze im Hafen anlegen. Wie kommen sie nur darauf?"*

Nörgel druckst herum.

„Ist ja nur so ein Gefühl, Frau Hügel. Irgendetwas stimmt hier nicht. Wo ist eigentlich Kapitän Zander?"

Wiebke schaut ihn böse an.

„Das wüsste ich auch ganz gerne! Nach dem Mittagessen habe ich ihn nicht mehr gesehen. Und er hat von ihrem Bamigoreng und dem Huhn gegessen!", sagt sie erbost.

Nörgel schaut betreten auf den Boden. Das Bamigoreng oder das Hähnchengeschnetzelte konnten nicht schlecht gewesen sein! Erstens kam das Bamigoreng es aus der Tüte, das Geschnetzelte aus der Tiefkühlpackung und zweitens hat er es nur mit ein paar Gewürzen verfeinert. Er selbst hat vom Bamigoreng auch gegessen, allerdings nicht vom Geschnetzeltem. Er mag kein Huhn, und das Sodbrennen, was er hat, ist halb so wild.

„Ich möchte mal wissen, wo der Kapitän abgeblieben ist, Nörgel! Wenn das wieder einmal an ihrem miesen Essen liegt, dass der nicht vernehmungsfähig ist, können sie dieses Mal aber etwas erleben!" Und zwar von mir!"

Die W.O. ist mehr als *„geladen"*. Nörgels Essen findet sie abscheulich, und weil sie aus Prinzip nichts von seiner selbst gemachten **„Novelle Cuisine"** isst, ist sie die Einzige, die immer einsatzbereit ist, wenn Torben wieder einmal die Kochrezepte vergewaltigt. Hügel dreht auf dem Absatz um und macht sich auf die Suche nach Zander. Sie findet ihn – in seiner Kajüte, auf dem Bett liegend und nach Luft ringend. Wiebke ist bestürzt! Mein Gott, was ist denn das? Sie setzt sich zu ihm auf das Bett.

„Theo!", ruft sie besorgt, als sie sich zu ihm herunterbeugt. Ihre Hand streichelt seine verschwitzte Stirn.

„Was hast du denn?"

„Nörgel, dieses …", röchelt Zander, und krümmt sich vor Magenschmerzen.

„Nein!", kreischt Wiebke, *„dieser Vollpfosten bringt uns alle noch mal um! Der erhält per sofort Kochverbot!"*

Die wachhabende Offizierin der **WSP63** ist außer sich. Einerseits vor Wut über Torbens Kochkünste, andererseits vor Sorge um ihren Theo.

„Mein Liebster, komm' ich helfe dir…"

Hügel ist voller Mitgefühl für ihren geliebten Theo. Sie steht auf und holt aus dem Bad feuchte, kalte Waschlappen und 2 Handtücher sowie einen kleinen Eimer. Den stellt sie vor Theos Bett.

"So,", sagt sie, *„wenn du brechen musst – bitte in den Eimer zielen, wenn es geht."*

Zander schaut sie verständnislos an. Glaubt sie wirklich, dass er in dem Zustand noch *„Bröckchen-Weitwurf"* mit Zielbestimmung machen könnte.

„Wiebke … ich muss sterben …", röchelt er.

Die W.O. steht an seinem Bett und tätschelt liebevoll seine Wange.

„Nein, Theo – nicht du wirst sterben, sondern TORBEN!!!!", zischt sie ihn mit einem diabolischen Lächeln an, *„Diesen Volltrottel mache ich fertig …! Du wirst sehen, das hat ein Nachspiel!"*

Zander ist völlig fertig und krümmt sich erneut im Bett zusammen. Diese Magenschmerzen sind unerträglich!

„Bitte … Wiebke … mir geht es schon schlecht genug und den anderen auch … Nicht so schreien, bitte…"

„Was???", Wiebke ist nun völlig hysterisch, *„Die anderen auch?? Ich bringe ihn um, diesen Möchte-Gern-Koch!"*

Zander legt kraftlos seine Hand auf ihren Arm.

„Bitte … Wiebke … das Schiff …" stößt er *hervor, „ich konnte noch rechtzeitig den Autopiloten einschalten…"*

Jetzt ist es ganz mit der Fassung von Wiebke Hügel vorbei. Mit weit aufgerissenen Augen sieht sie ihn an.

„Nein!! Sag, dass das nicht wahr ist, Theo!"

Mit einem Satz ist sie an der Tür.

„Ich muss auf die Brücke,", schreit sie Zander an. *„Einer muss ja wieder die Drecksarbeit machen…"*

Sie wirft die Tür mit einem so lauten Knall hinter sich zu, dass Zander in seinem Bett vom Lärm zusammenzuckt. Er hat ihr extra gesagt, sie solle nicht so schreien … Im gleichen Moment muss er sich erneut übergeben …

Die W.O. eilt mit großen Schritten auf die Brücke. Dort bietet sich ihr ein entsetzlicher Anblick! Außer Feddervieh, der mit einem Eimer unter dem Arm völlig ermattet auf dem Kommandosessel sitzt, ist niemand auf der Brücke!

„Wo ist Ohlsen??", schreit Wiebke den Maschinisten an.

Der reagiert entsprechend langsam.

„Wahrscheinlich da, wo die restliche Mannschaft auch ist – auf Klo!"

„Gehen sie in ihre Kajüte, Feddervieh!", raunt sie ihm zu. *„Ich übernehme die Brücke. Wenigstens einer, der von diesem Teufelszeug aus dem Hause Nörgel nichts gegessen hat."*

Feddervieh verdreht die Augen. Iiiihhh – bei dem Gedanken an Nörgels Mittagessen wird ihm speiübel und er übergibt sich in den Eimer.

„Sie Ferkel! Feddervieh! Verlassen sie sofort meine Brücke und begeben sie sich ins Bett. Das ist ein Befehl!", brüllt Wiebke in an.

Martin sieht sie nur müde an, nimmt seinen Eimer und trottet davon. Die hat ihm gerade noch gefehlt!

„Sie müssen den Autopiloten ausschalten, ansonsten fahren wir weiter im Kreis..."

„Wie bitte??"

Wiebke ist erbost über die Unzulänglichkeit von Theo, der nichts anders zu tun hatte, als den Autopiloten auf *„Umkreisung"* zu stellen. Kein Wunder, das Nörgel, dieser Mistkerl, das Gefühl hat, er dreht sich im Kreis.

„Feddervieh – warten sie!", ruft Wiebke noch aufgeregter. *„Der Kurs stimmt ja gar nicht! Das sind nicht die Koordinaten von Koblenz!"*

„Wieso Koblenz?" Kapitän Zander meinte, wir müssten nach Kampen in den Niederlanden. Und der Kurs ist auch eingegeben." Feddervieh rülpst jetzt unüberhörbar, *„T'schuldigung, Frau Hügel aber mir ist entsetzlich schlecht..."*

Er macht eine kurze Pause, um Luft zu holen.

„Der Kapitän hat gesagt, wir müssen mit der **WSP63** *rheinabwärts in Richtung Niederlande."*

Spätestens jetzt platzt Wiebke endgültig der Kragen.

„Wie bitte??? Wir sollten schon längst in Koblenz sein!! In Koblenz in Deutschland – und schon gar nicht in die entgegengesetzte Richtung rheinabwärts nach Holland! Das kann nicht ihr Ernst sein! Ich muss sofort die Einsatzzentrale informieren!"

Der Maschinist, der **WSP63** schaut sie aus leeren Augen an. Von der vielen Kotzerei ist ihm ganz schwummerig und er fühlt sich schwach, einfach elend. Er versteht die Welt nicht mehr. Gott ist ihm übel!

*„Können sie sich schenken! Conny hat vorhin die Funkanlage voll-
ständig bekotzt, die Anlage ist Matsche. Ich geh dann jetzt …"*

Im selben Moment hört Wiebke Hügel nur, wie Martin sich
erneut übergibt. Nun ist es mit der Fassung von Hügel endgültig vorbei.

„Raus hier, Feddervieh!!!!"

Die W.O. haut mit voller Wucht auf die Konsole des Radars.

*„Das kann doch nicht wahr sein! Bin ich denn nur von Vollidioten
umgeben?"* [2]

Wiebke ist einfach mit ihren Nerven am Ende. Hektisch sucht
sie in der Hosentasche ihrer Uniform nach ihrem Handy. Sie
klappt es auf und sieht mit Entsetzen, dass der Akku vom mobilen Telefon leer ist. Der Akku ist leer, und das Ladegerät
liegt bei Zander zu Hause. Theo! Der hat auch noch ein Handy,
denkt sie. Und seins müsste funktionieren! Die Leute müssen
medizinisch versorgt werden! Die W.O. ist völlig aus dem
Häuschen. Wiebke lässt den Autopiloten noch eingeschaltet
und rennt wie eine Furie in Zanders Kajüte. Na warte!

Unterdessen hat die Suche nach der **WSP63** auf der Strecke bis
zum Signalabbruch nichts gebracht. In der Einsatzzentrale angekommen, informiert Ehring erst einmal seinen
Vorgesetzten, Heinrich Grübchen.

*„Mensch Ehring! Die können doch nicht einfach von jetzt auf gleich
verschwunden sein! Zander ist ein erfahrener Kollege, der weiß
schon, was er tut."*

---

[2] *Die nachfolgenden Wörter und Sätze stehen nicht im Duden und deshalb verkneift sich der Autor jegliche Bemerkung hierzu.*

Heinrich Grübchen steht - wie so oft - vor seinem 200 Liter - Aquarium mit den vielen Guppys, Mollys und Schwertträgern und füttert seine Lieblinge. Er wundert sich seit einiger Zeit, dass immer weniger Guppys und Mollys im Becken sind. Dafür erfreuen sich die Schwertträger immer besserer Gesundheit.

„Sehen sie, Ehring – bei meinem Fischen ist das auch so merkwürdig. Obwohl ich keinen toten Molly oder Guppy, aus dem Wasser gefischt habe,", Grübchen beugt sich jetzt nach unten und sieht durch die große Scheibe des Aquariums, *„sind dennoch immer weniger von ihnen da. Wo die wohl stecken?"*

Ehring verdreht die Augen. Himmel, Grübchen hat selbst von Fischen keinen blassen Schimmer.

„Sie werden wahrscheinlich in den Bäuchen ihrer Schwertträger ihr Dasein fristen, und ins Fischnirwana eingezogen sein!", brummt Ehring gelangweilt.

Grübchen sieht ihn aus seiner gebückten Position verwundert an.

„Glauben sie wirklich, Ehring, dass es ein Fischnirwana gibt?", fragt Grübchen geistesabwesend.

Ehring schüttelt verständnislos den Kopf. Grübchen fängt an, ihm schon wieder auf den Keks zu gehen.

„Sie meinen – meine Schwertträger fressen die Guppys und Mollys?"

Grübchen schaut ihn fragend an.

„Ja, was denn sonst, Herr Grübchen!", sagt Ehring genervt, *„Mollys und Guppys sind natürliche Beute der Schwertträger."*

Ehring windet sich derweil auf dem Stuhl, wie ein Fisch auf dem Trockenen. Du meine Güte, er hat jetzt etwas anderes zu tun, als ausgerechnet mit „Onkel Heinrich" über dessen Fischpopulation zu diskutieren. Grübchen klopft in immer noch gebeugter Körperstellung an die Scheibe des Aquariums.

„Ihr Lieben! Ihr könnt doch nicht einfach meine kleinen Guppys und Mollys wegfuttern! Wenn ihr Hunger habt, könnt ihr euch doch melden!"

Grübchen wirkt verärgert, nein, eher enttäuscht darüber, dass die vielen kleinen Fischsorten in seinem Aquarium vom Aussterben bedroht sind. Fressen und gefressen werden, sinniert er, muss wohl der Sinn des Lebens sein.

„Herr Grübchen – ich will ja nicht drängeln, aber meinen sie nicht, wir haben Wichtigeres zu tun, als über den Fischbestand in ihrem Aquarium zu reden? Die **WSP63** *ist verschollen! Meine Crew hat sich in nichts aufgelöst!"*

Ehrings Stimme klingt besorgt, aber auch gleichzeitig ungehalten. Letzteres an Gefühlsausdruck gilt – wie soll es auch anders sein – Theo Zander. Grübchen kehrt zum Bürotisch zurück und setzt sich Ehring gegenüber. Er verschränkt die Hände wie zu einem Gebet.

„Wer weiß – Ehring? Vielleicht ist ja auch so ein Schwertträger an Bord, der so einen kleinen Guppy wie Mia Ohlsen gefressen hat?"

Er lacht verschmitzt. Der Kapitän findet das anmaßend.

„Wenn dort ein Schwertträger ist, ist das höchstens ein Schweifträger und der heißt Theo Zander. Der soll sich ja nicht an unserer Mia vergreifen, dann kann der was von mir erleben! Reicht ja schon aus, dass der seine Finger nicht von meiner W.O. lassen kann!"

Jetzt ist Ehring mehr als sauer. Wenn es um Mia Ohlsen geht, gehen oft seine väterlichen Gefühle für sie mit ihm durch.

„Ja nu machen sie mal halblang, Ehring," beschwichtigt Heinrich seinen Kapitän, *„es wird schon dafür eine logische Erklärung geben, warum die sich nicht melden. Jedenfalls sind die in Koblenz nicht angekommen, ich habe vorhin noch mit meinem Kollegen gesprochen."*

Ehring setzt sich steif in den Sessel. So, wie er dasitzt, könnte man glauben, er habe ein Lineal verschluckt. Er ist – aufgebracht! Und zwar so was von…!!

„Halblang soll ich machen, Herr Grübchen? Halblang?", schnaubt Ehring, *„Herr Grübchen! Ich bitte sie! Mein Schiff ist da draußen – irgendwo … Ich habe keine Ahnung, warum die sich nicht melden, oder gar lokalisierbar sind. Wer weiß, was da passiert ist!"*

Grübchen steht auf und schreitet zum Fenster. Draußen ist es stockfinster, es ist schon nach 21 Uhr und eigentlich wollte er schon längst zu Hause sein. Heute läuft doch der neue Tatort aus Münster! Leider hat er seinen Receiver nicht programmiert und so verpasst er ihn nun. Mist!

„Ach Ehring – sie kennen doch die jungen Leute!", versucht Grübchen einzulenken, *„Immer nur Unsinn im Sinn. Unsereiner ist da schon viel gesetzter und reifer in manchen Dingen".*

Helge ist genervt. Bitte nicht schon wieder über das Leben philosophieren, Grübchen, denkt er sich.

„Mensch Ehring – gehen sie nach Hause! Ich bin mir sicher, ihre Freundin wartet schon auf sie. Genießen den restlichen Abend noch zu zweit. Es wird sich alles finden".

Helge Ehring steht mit einem Ruck auf. Das Wort „*Freundin*" wirkt auf ihn wie Dynamit.

„Da wird sich in dem Bereich gar nichts mehr finden! Und was meine Freundin angeht – es ist aus. Finito!!"

Der Kapitän ist bei diesem Thema mehr als erbost.

„Ach Ehring!", sagt Heinrich mitleidig, *„Sie haben es schon wieder versemmelt! Das tut mir leid. Aber sie wissen ja, in der Liebe und im Krieg…"*

Weiter kommt Grübchen nicht, der Kapitän der **WSP63** schneidet ihm das Wort ab.

„Ja, ja, Herr Grübchen, verschonen sie mich mit ihren Ausführungen in Sachen Liebe!! Ich habe im Moment die Nase davon gestrichen voll!"

Helge ist schon fast an der Tür. Grübchen steht auf und geht auf ihn zu. Väterlich legt er seine Hand auf Helges Schulter.

„Wissen sie, Ehring – Frauen sind einzigartige Gebilde. Sie sind wie eine Mathematikgleichung, die nie aufgeht…"

Helge sieht ihn irritiert an. Na ja, berechnend war Kara schon immer, so, wie alle seine Frauen, aber der Vergleich hinkt in seinen Augen.

„Nu seien sie mal nicht so traurig, Kapitän!", bemerkt Heinrich mit aufmunternder Stimme, *„Sie wissen doch, die einzig wahre Liebe eines Matrosen ist die See und das Schiff. Frauen sind zweitrangig."*

Helge ist bei dem Satz schon fast aus der Tür.

„Leider kann man weder mit der See noch mit dem Schiff ins Bett steigen, Herr Grübchen und ich bin auch nur ein Mann! Schönen Abend noch!"

Der Kapitän verlässt mit angekratztem, männlichem Ego die Einsatzzentrale und braust mit seinem SUV nach Hause. Kurz vor seinem Haus angekommen, macht er mit dem Wagen eine Vollbremsung. Die Radfahrerin, die von rechts kam, hat er überhaupt nicht bemerkt. Er ist in Gedanken noch bei Grübchen, über den er sich maßlos geärgert hat und bei der **WSP63**. Entsetzt sieht er im Scheinwerferlicht seines Geländewagens eine Frau neben ihrem Fahrrad liegen. Er stellt den Motor ab und springt aus dem Wagen.

„Oh mein Gott - ich habe sie nicht bemerkt! Sind sie verletzt?"

Die Frau schaut ihn fasziniert im Licht der Autoscheinwerfer an. Wow! Was für ein Kerl! Na von so einem lässt sie sich doch gerne mal anfahren!

„Nein, alles gut, und außer einem Paar sündhaft teuren, halterlosen Strümpfe ist nichts beschädigt. Und das Fahrrad war eh schon sehr alt."

Helge ist sehr verwundert, ja geradezu erfreut.

„Sie tragen Stockings? Echte, halterlose Seidenstrümpfe"?

Er ist begeistert! Kara hat es immer abgelehnt, welche zu tragen. Sie fand es eher *„deplatziert"*, aber er findet die geil! Im Scheinwerferlicht erkennt er die durch den Sturz zerrissenen Strümpfe. Schwarz, mit großem Spitzenrand und 3 dicken Laufmaschen, aber er erkennt auch die sehr wohlgeformten Beine darunter. Wow!! Helge ist hin und weg!

„Sie sind ja doch verletzt, und haben eine Wunde an ihrem rechten Knie!"

Mit einem Mal ist die **WSP63** gar nicht mehr so wichtig für ihn.

Sein innerer Adonis schaut verschlafen hervor. Na so was! Ist diese Klassefrau vom Himmel gefallen?

„Kommen sie, ich werde ihre Wunde im Haus erst einmal Notversorgen. So können sie mit dem kaputten Knie nicht weiterfahren."

Er hebt das völlig demolierte Fahrrad auf und stellt es an seinen Gartenzaun.

„Na ja,", sagt er kopfschüttelnd und besieht sich das Fahrrad, „das ist hin."

Sie schaut ihn an und mustert unverhohlen mit einem Blick seine Statur. Du meine Güte, wo laufen denn noch solche Männer herum, denkt sie, der ist bestimmt verheiratet. Ob der gerade Ausgang hat?

Ihre innere Göttin erwacht aus dem Dornröschenschlaf und blinzelt unsicher umher. Hat sie da gerade ein sagenhaftes Gerät von Mann gesichtet?

„Oh, das macht nichts – ich sagte doch, es ist eh schon sehr, sehr alt."

Sie lächelt ihn an und sucht mit einem verstohlenen Blick seine Hände ab, respektive seine rechte Hand. Ihre Augen suchen nach der verdächtigen Spur des Eherings, aber da ist nichts.

„Ich habe mich ihnen noch gar nicht vorgestellt – entschuldigen sie bitte,", sagt die Dame mit dem kaputten Knie, „mein Name ist Botany. Rieke Botany."

Helge ist begeistert. Diese Stimme mit dem dunklen Timbre! Wie erotisch!

„Ich mich ja auch nicht - verzeihen sie, wie unhöflich. Erst fahre ich sie an, verletze sie dabei und dann sage ich ihnen nicht einmal meinen Namen.", er räuspert sich," Ehring. Helge Ehring."

Er streckt ihr seine rechte Hand entgegen und lächelt. Rieke lächelt zurück und ergreift seine Hand. Mit einem Ruck durch Helges Hand steht sie binnen ein paar Sekunden wieder in der Vertikalen.

„Sagen sie doch Rieke zu mir! Das ist einfacher."

Helge lacht jetzt vor lauter Verlegenheit.

„Okay, aber nur, wenn sie mich Helge nennen!"

Ehring öffnet die Gartentür und Rieke humpelt mit ihrem kaputten Knie hinterher, aus dessen Wunde etwas Blut sickert. Die Wunde ist mit Dreck verschmutzt, aber sie denkt daran nicht, sondern fühlt sich auffallend wohl in der Nähe dieses Mannes. Das hat sie seit langer Zeit nicht mehr gespürt. Der Kapitän nestelt nervös in der Hosentasche auf der Suche nach seinem Haustürschlüssel.

„Suchen sie etwas Bestimmtes, Helge?", Rieke sieht ihn wieder mit diesem umwerfenden Lächeln an, *„Ich würde ihnen gerne helfen!"*

Ehring ist durch den erotischen Touch ihrer Stimme sichtlich irritiert. Was denn? Schon jetzt? Man kennt sich doch noch gar nicht…

„Nein, nein – ich habe ihn gleich … da, ahh – jaaa! Da ist er ja!"

Lächelnd präsentiert er den Eingangsschlüssel des Hauses im Licht der Eingangslampe. Helge schließt auf und geleitet Rieke ins Wohnzimmer. Sie schaut sich um.

„Oh – wie hübsch sie eingerichtet sind! Lieben sie auch IKEA©?"

Rieke ist begeistert! Der erste Kerl, der - wie sie auch - Möbel des schwedischen Möbelhauses besitzt. Helge steht hinter ihr.

„Nehmen sie doch erst einmal Platz auf der Couch. Ich hole Verbandsmaterial und dann verarzte ich sie erst einmal."

Rieke lacht. Gut, dass er ihre Gedanken nicht lesen kann. Allerdings stellt sie sich unter dem Synonym *„verarzten"* etwas völlig anderes vor.

„Na, wann habe ich denn schon mal Gelegenheit, von so einem netten Arzt versorgt zu werden."

Riekes innere Göttin ist hocherfreut und zupft sich den Ausschnitt der Bluse schon mal zurecht. Man weiß nie...

Der Kapitän grinst, als er den Verbandskasten und die Gazekompressen herausholt. In null Komma Nix ist er wieder im Wohnzimmer und als er zurückkommt, sieht er, wie Rieke sich der kaputten Stockings entledigt. Wow!

Sein innerer Adonis macht einen Luftsprung und reibt sich die Hände. Was für eine Frau! Endlich wieder Ringelpiez mit Anfassen!

Erst jetzt sieht er das erste Mal Rieke im Licht der Wohnzimmerlampe. Jung ist sie nicht mehr – wahrscheinlich eher sein Alter. So schlank wie Kara ist sie auch nicht, sie hat schon ein paar Pfunde auf den Rippen, aber sie hat eine so intensive erotische Ausstrahlung, die ihn umschmeißt! Holla! Dazu ist sie auch noch rothaarig! Ihre über die Schulter fallenden, langen Haare, die im Moment sehr verwuschelt sind, umschmeicheln ihr fein gezeichnetes Gesicht. Und erst ihr *„Vorbau"*! Da würde er gerne mal etwas pflanzen wollen...

Helges innerer Adonis macht mittlerweile einen Luftsprung nach dem nächsten. „Krall sie dir,", hört er ihn sagen, „und vermassele es nicht wieder, Vollpfosten!"

Sein Unterbewusstsein rümpft über die Ausdrucksweise von Adonis innerlich die Nase. So etwas!

Ehring setzt sich vorsichtig auf den Rand seiner *IKEA COUCH TYP EKTORP* ®.

„Ich habe meine Strümpfe schon mal ausgezogen, sonst kommen sie ja gar nicht an meine Wunde.", kichert sie.

Helges innerer Adonis grinst schelmisch. Doch, käme er – er bräuchte dazu nur den Rock nach oben zu schieben… Sein Unterbewusstsein haut Adonis erst einmal kräftig auf die Finger!

Helge zuckt zusammen.

„Was haben sie denn, Helge? Ist was?"

Rieke hat wieder ihr umwerfendes Lächeln aufgesetzt und kombiniert es auch noch mit einem sehr lasziven Augenaufschlag.

Ihm stockt der Atem.

„Nein, nein," beruhigt er sie, *„alles okay".*

Ehring reißt mit einem Ruck die Verpackung der Kompressen auf, besprüht eine davon mit etwas Jod und versucht die Wunde, zu säubern.

„Ahh … Aua, das brennt wie Feuer!"

Rieke zuckt zurück.

„Ich kann ja etwas Luft darüber pusten, dann ist es nicht so schlimm …", lächelt Helge sie an, *„aber stillhalten müssen sie schon, sonst kann ich die Wunde nicht desinfizieren."*

„Ach, Herr Doktor!", sagt Rieke mit einem erotischen Unterton in der Stimme sowie einem Augenaufschlag, der selbst Bambi

die Schamesröte ins Gesicht getrieben hätte. Er sorgt dafür, dass der Kapitän völlig fahrig wird.

„Normalerweise halte ich nie dabei … still. Ich bin sehr … aktiv, müssen sie wissen!", sagt Rieke mit rauchiger Stimme. Im Moment ist ihr egal, was er über sie denkt. Dieser Kerl ist eine Sünde wert – oder auch mehrere…

Riekes innere Göttin zieht schon einmal den Slip aus... Wer weiß, was der Abend noch bringt!

Helge ist jetzt völlig aus dem Häuschen. Nicht mal der Funke eines Gedankens an die **WSP63** und die Besatzung macht sich in seinen Hirnwindungen breit.

Adonis sitzt auf der Lauer und beobachtet lüstern die Situation. Wenn sie wirklich meint, was er gerade denkt … „Ja - schnapp sie dir!", sagt sein innerer Sexgott, „Sie will doch…"

Helge räuspert sich, um Adonis zum Schweigen zu bringen. Er beißt verlegen auf seine Unterlippe und rollt mit den Augen und fühlt sich kompromittiert.

Sein Unterbewusstsein hat die Situation schon längst analysiert und für unmoralisch befunden. Es hebt drohend den Zeigefinger und tritt Adonis in die Familienjuwelen.

Ehring zuckt zusammen und ist mehr als irritiert, zumal seine körperliche Reaktion auf das, was er sieht, leider nicht ganz unbemerkt bleibt. Irgendwie erscheint ihm die Uniformhose auf einmal sehr eng …

„Nun – jetzt ausnahmsweise noch mal, Rieke. Nur noch einmal,", presst er hervor, *„dann kann ich die Wunde mit einer sterilen Kompresse und einer Mullbinde abdecken."*.

Sein Puls rast und er spürt, dass sein Blutdruck in astronomische Höhen schnellt, aber auch in anderen Feuchtgebieten wird der Ausnahmezustand verhängt. Denn auch bei Rieke bleibt sein Tun nicht ganz ohne Folgen ...Ihr Atem geht stoßweise und sie hat redliche Mühe, ihre Hände auf der Couch zu lassen. Seine Hände sind so unendlich weich, jede Berührung ihrer Haut entfacht in ihr ein Feuerwerk der Sinne. Seine Ausstrahlung erst! So sinnlich-erotisch, gemixt mit einem animalischen Trieb. Wie gerne würden sich ihre Finger jetzt in sein ergrautes Haar krallen wollen!

Ihre innere Göttin vollzieht ein Drahtseilakt und balanciert vor lauter Erregung mit ausgestreckten Armen und in schwindelerregender Höhe auf einem Seil aus Zahnseide ... „Ja, lass ihn mehr machen!", hört Rieke sie sagen, „Nur - vermassele mir es nicht wieder, du dämliche Kuh!"

Helge sprüht währenddessen erneut das Jod auf die Gaze. Dieses Mal wesentlich mehr. Rieke sieht ihm tief in die Augen. Mann, ist das ein Blick, denkt er ... Diese Augen ... so unergründlich wie der Rhein ...

„Wenn ich jetzt artig bin,", ahmt Rieke stimmlich ein kleines Mädchen nach, *„bekomme ich vom großen Onkel denn auch eine Belohnung?"*

Ihre innere Göttin hüpft vor Begeisterung auf ihrem Seil aus Zahnseide auf und ab. „Ja, ja... ich will die Belohnung!!!"

Rieke blickt ihn unschuldig an. Ihre Augenlider flattern, und Helge bewundert ihre wunderbar langen und perfekt geformten Wimpern. Ihr Augenaufschlag, denkt sich Helge, ist wirklich einmalig, vor allem wie sie gerade das Wort *„Belohnung"* betont hat – einfach göttlich!

Sein innerer Adonis schubst ihn in die Seite. „Nun mach schon, sonst ist die Szene hin, du Idiot!"

Helge fängt sich sofort. Er grinst sie an und säuselt leise: *„Natürlich, Rieke. Ich bin ein Mann, der weiß, was sich gehört!"*

Im selben Moment packt er die Gaze auf die Wunde und sieht ihr tief in die Augen. Na ja, wenn er sich selbst gegenüber ehrlich ist, sieht er eher tief in ihr Dekolleté. Rieke verkneift sich ein *„Aua"* und zieht nur tief Luft ein. Hechelnd atmet sie wieder aus.

Vor lauter Schmerz kippt Riekes innere Göttin glatt von der Zahnseide.

Na, bitte – schon vorbei," strahlt Ehring sie an, *„und sie waren ganz, ganz brav."*

Souverän packt er die sterile Mullbinde aus und verbindet ihre Kniewunde. Noch etwas Tape drauf – und fertig.

Er lächelt sie an.

„Sie waren wirklich sehr brav, Rieke, und versprochen,", Helge rückt ihr dabei immer näher, *„… ist… versprochen."*

Jetzt ist er so nah an ihren Lippen … so nah … Rieke schaut ihn lüstern an, packt ihn am Hemd und zieht ihn an sich heran. Gut, dass die IKEA-Couchen immer den Dauertest bestehen, denkt sie sich.

Ihre innere Göttin springt soeben einen dreifachen Rittberger mit anschließender Pirouette! Belohnung!!!!

Wow! Was für ein Kerl! Auf so einen hat sie lange genug gewartet! Und sie findet, sie hat es sich endlich verdient. Ihre Belohnung ist mehr als köstlich!

Wem die Stunde schlägt...

Nörgel, der neben seinem Job als Koch noch auf der **WSP63**, Sanitäter ist, sortiert in der Zwischenzeit auf der Krankenstation mit einem fürchterlich schlechten Gewissen den Medizinschrank. Mia kommt zu ihm in die Krankenstation gekommen, um sich gegen den elenden Brechreiz etwas geben zu lassen. Mia lässt sich völlig entkräftet auf der Liege fallen.

„Mensch, Torben, ich kotz mir die Seele aus dem Leib! Boah – ich kann nicht mehr!"

„Wie kann das denn sein? Hast du etwas gegessen, was du nicht vertragen hast? ", fragt Torben besorgt die Kollegin.

„Ja, klar – dein Essen! Wenn ich das eher gewusst hätte, hätte ich lieber Kohldampf geschoben!"

Mia würde ihm jetzt am liebsten eine Ohrfeige verpassen, aber dazu reicht die Kraft nicht aus. Von dem vielen *„Sich-Übergeben-Müssen"* fühlt sie sich völlig ausgelaugt. Nörgel tropft aus einer Flasche eine klare Flüssigkeit auf einen Plastiklöffel und hält ihn direkt vor Mias Nase.

„Ihhh - was ist denn das für ein widerliches Zeug!", Mia dreht angewidert den Kopf weg, *„Riecht ja schlimmer als dein Essen, Torben!"*

„Hey – nimm es, das ist Metoclopramid – das beruhigt den Magen und den Darm."

Mia sieht ihn entgeistert an: *„Meto... was??"*

45

„MCP,", sagt Torben belehrend, *„ein Medikament, was die Bewegungsstörungen im Magen und Darm Trakt wieder ins Lot bringt. Nun komm Mia! Schluck es runter und gut ist!"*

Mit verachtender Miene nimmt sie den Löffel in den Mund und schluckt die Tropfen herunter.

„Igitt!! Schmeckt das ekelig! Und das soll helfen?"

Sie grapscht nach dem Glas Wasser, das Nörgel ihr hinhält und leert das Wasserglas in einem aus, um den ekelerregenden Geschmack des Metoclopramids loszuwerden. Sie schüttelt sich wie ein nasser Hund.

„Bah – wenn du mir noch mal so ein Scheiß gibst, gibts Prügel, Torben!!"

Nörgel dreht sich um. Irgendwie wird er den Gedanken nicht los, dass etwas mit der Packung Bamigoreng nicht stimmte. Oder war es doch das Hühnchen? Er wird nachher in den Abfallkasten der Kücheneinheit nach den Packungen durchsuchen. Er will wissen, wie lange das Mindesthaltbarkeitsdatum war.

„Und – besser?"

Nörgel lächelt seine Kollegin an. Echt – die sieht immer noch umwerfend aus, selbst wenn sie krank ist. Alleine schon ihre üppige „Balkonbrüstung" – die würde er zu gerne ausprobieren…

Doch Mia geht es gar nicht besser. Sie will etwas sagen – und übergibt sich erneut. Nörgel kann nicht rechtzeitig wegspringen, und Ohlsens Mageninhalt samt MCP ergießt sich über sein Uniformhemd und Hose.

„Mia!!", schreit Nörgel, *„Bist du bescheuert??"*

Doch die heult jetzt.

„Du dämlicher Möchtegern-Koch! Du hast uns mit deinem Scheiß Bamigoreng vergiftet! Ich will einen Arzt!!"

„Ja, ja,", sagt Nörgel genervt, der sich erst mal des verdreckten Hemdes und der Hose entledigt.

Mias Augen sind weit aufgerissen. Oh, bitte nicht auch das noch! Ihr ist doch schon übel genug und jetzt muss sie auch noch Nörgel in Unterhemd und Unterhose anschauen. Das hält ihr Magen nicht lange aus! Sie wird ohnmächtig und kippt zur Seite.

Torben, der zunächst mit seinem „Dresscode" beschäftigt ist, bemerkt nicht, dass Mia Ohlsen ohnmächtig ist. Als er seine einigermaßen gesäuberte Hose wieder anzieht, merkt er, dass Mia *„weggetreten ist"*. Panik ergreift ihn und er versucht, die bewusstlose Mia wieder zurückzuholen. Nun hat die Bootsfrau Glück, dass Torben als Sanitäter wesentlich besser ist, als in seiner Funktion als Koch. Mit ein paar gekonnten Handgriffen ist Mia wieder ansprechbar.

„Hey – Kollegin, tut mir echt leid.", sagt Torben geknickt.

Er krallt sich den Infusionsständer und beginnt, eine Infusion mit steriler isotonischer Kochsalzlösung und MCP zu bestücken. Routiniert legt er die Braunüle® in Mias linke Armbeuge und klebt die Kanüle rundherum mit Tape fest, sodass sie nicht mehr verrutschen kann. Flott dreht er die Infusion auf.

„Damit sollte es dir besser gehen, Mia."

Nörgel ist sehr betrübt. Nicht nur, weil er ein schlechtes Gewissen wegen des Essens hat, sondern weil ihm Mia in ihrer

Hilflosigkeit unendlich leidtut. Und er ist schuld daran! Das macht ihn fertig.

„Mia – es tut mir leid mit dem Essen, das habe ich nicht gewollt, aber ich habe doch auch davon was gegessen, und ich habe nichts."

Mia schließt wieder die Augen. Nein, sie fühlt sich so müde – und Nörgel möchte sie für den Rest des Tages nicht mehr sehen. Schon gar nicht in Unterhosen! Sie entschlummert auf der Liege, glücklich nicht auch noch den letzten Rest ihres Magens auf Nörgels Uniform zu lassen.

In der Zwischenzeit erreicht Wiebke Hügel die Kajüte von Theo Zander. Theos Bett ist völlig zerwühlt und er hat den Eimer nicht getroffen. Wiebke ist entsetzt, zumal Zanders Gestöhne ihr ziemlich auf den Keks geht. Männer sind immer so wehleidig!

„Wo ist dein Handy, Theo?", fragt sie laut. Doch Theo reagiert nicht sofort. Was Wiebke auf den Plan bringt, lauter zu rufen.

„Verdammt, wo ist dein Handy??", brüllt sie.

„Bitte … Wiebke … nicht so laut …", stöhnt Theo. Er hat immer noch Schmerzen.

„In … der… rechten … Hosentasche…", sagt er stockend und erschöpft. Zander versucht, sich aufzurichten, aber es packt ihn erneut der Brechreiz und eine Schwindelattacke. Während Hügel in seiner Hosentasche nach dem Mobiltelefon sucht, muss sich Zander erneut übergeben.

„Oh nee! Ist das widerlich!", schimpft sie, *„Nörgel kriegt gleich einen Einlauf, sage ich dir, und zwar ganz ohne Klistier!!"*

Endlich! Neben 2 Qigong Kugeln, deren Verwendung Wiebke ein Rätsel sind, befördert sie noch ein dreckiges Taschentuch,

2 alte Kaugummis und einen angefressenen Riegel KINDERSCHOKOLADE ® ans Tageslicht, bevor sie endlich das Mobiltelefon erwischt.

„Mann! Theo!! Was hast du denn für eine Sauerei in deinen Hosentaschen! Ist ja ekelig!"

Wiebke versucht, über das Handy Ehring zu erreichen, stellt aber mit Entsetzen fest, dass sie nicht herausrufen kann. Es kommt beim ersten Eintippen einer Zahl sofort zum Besetztzeichen.

„Theo Zander!!", donnert sie los, *„Wieso funktioniert dein Handy nicht?? Hast du etwa die Rechnung nicht bezahlt?"*

Kapitän Zander versucht sich, derweil mühsam aufzurichten. Sein Schädel dröhnt wie nach einer Bombenexplosion und er fühlt sich extrem schwach.

„Hab' ich vergessen … sorry…"

„Du Idiot!!", keift sie ihn an, *„Wie oft habe ich dir schon erzählt, du sollst am Lastschriftenverfahren teilnehmen!! Aber nein! Der Herr des Hauses will ja aus Datenschutzgründen die Kontodaten nicht preisgeben!! Aber auf Facebook alles auf „öffentlich" stellen!!"*

Die W.O. wirkt leicht hysterisch, wie Theo findet. Er kann doch nichts dafür, dass es ihm so schlecht geht, und sie macht so ein Palaver nur wegen des Mobiltelefons. Zander dreht sich entnervt zur anderen Seite. Gott im Himmel, so attraktiv, wie diese Frau auch ist, aber sie nervt!! Zumindest jetzt!

„Bitte Wiebke … mir geht es schon schlecht genug …", stöhnt Theo, *„es wird doch noch einer an Bord sein, der ein Handy für dich hat, was dich mit Facebook verbindet … so eilig ist das doch nicht…"*

Zander hält die rechte Hand vor den Mund. Er könnte schon wieder …

„Facebook??? Du Spinner! Die Mannschaft kotzt sich zu Tode, weil sie alle von Nörgels Bamigoreng mit Huhn gegessen haben!"

Sie läuft wutentbrannt zwischen Bett und Tür hin und her.

„Das Funkgerät hat einen Kurzschluss, weil Mia draufgekotzt hat,", schreit sie ihn an, *„Feddervieh läuft ebenfalls mit Eimer durch die Gegend und kann die Anlage nicht wieder reparieren!"*

Hügels Stimme überschlägt sich fast vor Wut. Die W.O. schmeißt mit voller Wucht das XIAOMI Mi 10 Pro® von Zander auf das Bett.

„Danke – Kapitän – für ihren außerordentlichen Diensteinsatz!!"

Theo zieht sich die Bettdecke über den Kopf. Nein danke! Sein Bedarf an Reizmitteln ist für den heutigen Tag gedeckt. Wiebke Hügel verlässt wutschnaubend seine Kajüte. Ihre Laune ist nun auf einem Punkt nahe der Gefriergrenze…

Nörgel hat ab jetzt alle Hände voll zu tun. Und der Inhalt der 250-ml-Flasche Metoclopramid wird immer weniger, weil auch Feddervieh sich seine Portion davon abholt. Wenn er doch nur wüsste, was er da tun kann! Im selben Moment fliegt die Tür des Sanitätsraums auf und im Türrahmen steht - wie einst die Walküre in den Nibelungen – Wiebke Hügel, ihres Zeichens wachhabende Offizierin der **WSP63**! Sie schaut Nörgel grimmig an.

„Ihre Erklärung bitte – und zwar schnell!!"

Nörgel, der um ein Haar die Flasche mit dem restlichen MCP fallen gelassen hätte, sieht sie entsetzt an. Wenn Blicke töten könnten, wäre er jetzt gestorben.

„Ich … ich … habe damit … nichts zu tun, Frau Hügel… Das … das… müssen sie mir glauben!!"

Torben kommt sich vor wie vor einem Kriegsgericht. Wie kann er etwas erklären, was er sich selbst nicht erklären kann?

„Mir ist es scheißegal, was sie glauben, ich habe hier eine halb tote Mannschaft mit Durchfall und Erbrechen, nach dem „Genuss" ihrer Kochkünste!", blökt sie ihn an.

Du meine Güte kann diese Frau aggressiv werden, denkt sich Torben erschrocken. Also der möchte er auch nicht im Dunkeln begegnen!

„Ihr Handy, Nörgel, und zwar PRONTO!!!"

Torben sieht sie entsetzt an. Was will sie denn mit seinem Mobiltelefon? Die hat doch selbst eins, und wenn sie auf seine Facebook-App tippt…? Scheiße! Dann kann sie ja seinen Account einsehen!

„Was ist?? ZZ!! Ziemlich zügig, Herr Nörgel!"

Wiebke streckt sehr ungehalten die Hand mit der Innenfläche nach oben und wedelt mit Zeige- und Mittelfinger.

„Los! Nörgel!!! Ihr Handy!!!"

Sie ist außer sich, weil Nörgel nicht sofort drauf reagiert und sie nur verständnislos anschaut.

„Ihr Handy, sie Vollpfosten!!, brüllt sie ihn an, *„Sind sie taub?"*

Torben greift völlig irritiert in seine Hosentasche und gibt ihr ängstlich sein **SAMSUNG GALAXXY S20+ ®**.

„Bitte, Frau Hügel, es ist brandneu … nicht kaputtmachen … bitte … und nicht auf Facebook gehen."

Wiebkes Augen glitzern vor Angriffslust.

„Nicht ihr Handy ist gleich kaputt, Nörgel – sondern eher sie!!"

Torben händigt ihr sein Mobiltelefon zögernd aus und Wiebke zieht es mit einem Ruck zu sich. Sie wählt die Nummer der Einsatzzentrale.

„Wasserschutzpolizei Duisburg, Reiter, was kann ich für sie tun?"

Wiebke ist erleichtert, Flos Stimme zu hören. Sie erzählt kurz und knapp, warum die **WSP63** sich nicht gemeldet hat. Flo ist entsetzt.

„Dann hatte ich doch recht gehabt," sagt er zu ihr, *„Das ist nicht normal, dass sich niemand von euch meldet."*

„Wir brauchen ein medizinisches Notfallteam", sagt die W.O. zu Reiter, *„und zwar schnell! Das Schiff ist nicht einsatzfähig. Sie müssen sofort 3 RTWs rausschicken. Wir docken gleich im Hafen von Emmerich an. Wo ist eigentlich Ehring?"*

„Ach der,", Flos Stimme klingt ziemlich gelangweilt, *„der war mit der **WSP59** draußen, um euch zu suchen. Der ist jetzt zu Hause und hat Feierabend."*

Florian Reiter ist müde. Diese Doppelschichten sind immer belastend, bringen aber mit den Nachtzuschlägen schon einiges an Geld in die strapazierte Haushaltskasse.

„Und wieso sind sie noch in der Einsatzzentrale?", fragt Hügel irritiert?

„Ich habe mit dem Kollegen die Nachtschicht getauscht, ich brauche das Geld. Stracciatella muss zur Inspektion und im Moment bin ich knapp bei Kasse."

„Informieren sie den Kapitän?", fragt Hügel genervt, „Ihr Kollege, Herr Nörgel, der uns diese Scheiße hier eingebrockt hat, bekommt noch einen Infarkt, weil ich sein neues Handy benutze!"

„Ja, das geht in Ordnung, Frau Hügel. Ich denke, der Kapitän ist „Not Very Amused", wenn er das hört."

Florian Reiter runzelt besorgt die Stirn. Na, das gibt wieder einen Anschiss nach Art des Hauses, denkt er und legt auf. Wie Recht er doch behalten sollte…

Für Rieke Botany fällt unterdessen die versprochene „**Belohnung**" so aus wie gewünscht. Während Ehring noch unter der Dusche steht, streckt sie ihre Füße mit einem wohligen Gefühl noch einmal so richtig auf der Couch aus. Mein lieber Herr Gesangsverein! Der Typ hat es echt drauf, sinniert Rieke lächelnd.

Ihre innere Göttin sitzt zufrieden im Sessel und raucht lasziv eine Zigarette.

Für Rieke steht fest, dass sie das ab jetzt öfters haben möchte. Die Frage ist nur – wie bringt sie das ihrem Mann bei?? Da wird sich schon etwas finden, denkt sie.

Ehring kommt aus der Dusche. Sein Körper hat trotz seines Alters nichts an Attraktivität eingebüßt. Er steht im Türrahmen, nur das Saunatuch um die Hüften geschlungen. Seine Haare sind noch etwas nass, aber gerade das findet Rieke unglaublich erotisch. Sie legt ihre nackten Beine übereinander. Es geht ihr im Moment so was von gut! Helge sieht Rieke an. Himmel, diese Frau ist eine Naturgewalt an Sinnlichkeit!

Sein innerer Adonis schnalzt mit der Zunge. „Los", scheint er lüstern zu sagen, „Frag sie, ob sie Lust und Zeit für ein zweites Match hätte!

Ehring grinst. Ja, das hätte *er* in jedem Fall... Diese Frau ist unglaublich!

Rieke sieht ihn an.

„Was ist Helge? Lust auf eine Fortsetzung?"

Helges innerer Adonis klatscht vor Begeisterung in die Hände! YES, YES, YES!!!

„Du stehst hier wie bestellt und nicht abgeholt", lacht sie.

Der Klang ihrer Stimme macht Helge fertig. Langsam kommt er der Couch immer näher. Er legt sich auf den freien Platz neben Rieke. Gut, dass er damals die Couch zum Ausklappen genommen hat!

„Sie haben nur Glück, Frau Botany," sagt er süffisant, *„dass der „Doktor" noch keinen Feierabend hat. Wir haben 24 Stunden Dienst!"*

Riekes innere Göttin quietscht vor Freude und springt in die Luft! Ein Marathon der Liebe von 24 Stunden! Die Vorstellung alleine verursacht der inneren Göttin einen Asthmaanfall.

Sie ignoriert diese Schwäche galant.

Helge küsst ihren Nacken und knabbert an ihrem Ohrläppchen, während Rieke verzückt die Augen schließt und ... an nichts denkt. Sie gibt sich völlig diesem wunderbaren Gefühl hin und diesem Duft nach Duschgel und Helge Ehring. Es ist berauschend schön und ihre Hormone blasen zum nächsten Angriff ... Im selben Moment klingelt das Mobiltelefon vom Kapitän. Und klingelt... und klingelt... und klingelt... Ehring gibt sich ebenfalls diesem Gefühl der berauscht seins hin und reagiert nicht auf das Bimmeln seines Handys. Seine Hände haben bei Rieke ihr Ziel gefunden. Ehring ist damit völlig abgelenkt.

„Dein … dein… Handy … Helge… ", flüstert sie abgehackt.

Rieke ist zwar nicht mehr ganz Herr ihrer Sinne, aber das Handygedudel nervt. Vor allem die Titelmusik der **ZDF-Serie „Küstenwache"**! Macht es so die ganze schöne Stimmung kaputt. Der Komponist in allen Ehren – aber ob sie ausgerechnet jetzt diese Musik braucht??? Helge seufzt und beendet erst einmal seine neuen Untersuchung - und Behandlungsmethoden bei Rieke Botany. Er langt mit einer Hand nach dem Mobiltelefon, das er vorsorglich auf den Wohnzimmertisch abgelegt hat. Er sieht auf dem Display die Nummer der Einsatzzentrale aufleuchten. Missmutig nimmt er das Gespräch an.

„Ich habe Feierabend!!", mault er ins Telefon.

„Reiter hier, Kapitän, Frau Hügel hat sich vor einer halben Stunde gemeldet."

Im Nu ist die ganze Lust mit dem Matching vorbei und auf die Fortsetzung von irgendwelchen *„Ich – bin – der – Arzt – dem - die - Frauen - Vertrauen"* Spiel. Er hat auf einmal so gar keine Lust auf *„mehr"*…

Sein innerer Adonis ist schwer erzürnt und tritt Helge zwischen die Beine. „Vollidiot!"

Ehring zuckt zusammen.

„Bitte? Wollen sie mir allen Ernstes erzählen, dass die **WSP63** *von Zander den entgegengesetzten Kurs genommen hat, dass die nicht in Koblenz sind, sondern im Hafen von Emmerich cruisen? Was machen die überhaupt da? Das ist eine Unverschämtheit!"*, brüllt Helge in das Mikro seines mobilen Telefons. Flo ist innerlich

geknickt, erzählt dennoch weiter, was so noch an Bord der **WSP63** passiert ist. Ehring ist außer sich vor Wut!

„Wie bitte?"

Helge richtet sich jetzt auf der Couch auf und brüllt ins Telefon.

„Die Mannschaft von Nörgels Essen außer Gefecht gesetzt?"

Wie ein aufgescheuchtes Huhn springt der Kapitän mit einem Satz von der Couch.

„Reiter! Sagen sie, dass das nicht wahr ist! Ich bringe beide um!"

Der Kapitän ist fuchsteufelswild!

Er ist ja soooo männlich, denkt Rieke wohlig seufzend, wenn er sich aufregt. Und – er ist aufregend! Dieser Mann hat so einen wunderbaren Hintern, den könnte sie die ständig küssen! Er ist so einmalig animalisch- triebhaft, dazu auch noch so sinnlich! Mit ihm kann sie all die schönen Spiele spielen, von denen Rieke schon immer geträumt hat! Sie lächelt zufrieden.

Ihre innere Göttin ist ziemlich angekratzt. Mittendrin! Wo es anfing, wieder toll zu werden. Und dann hören die auf! Sie setzt sich schmollend in den Sessel und schlägt die Beine übereinander. Menno!!

„Bin sofort in der Einsatzzentrale,", schnauzt Helge in das Telefon und legt auf.

Zwischenzeitlich hat er auch seinen Slip von CALVIN KLEIN ® gefunden. Mit einer Hand hebt er ihn auf und legt mit der anderen Hand das Telefon auf den Tisch zurück. Während er seinen Slip anzieht, sieht Rieke ihn an. Wirklich, dieser Hintern ist göttlich! Sie seufzt. Von diesem Mann kann sie gar nicht genug bekommen! Sie überlegt, ob sie Kurt mit einer
56

Überdosis Digitalis oder Insulin „entsorgen" könnte. Der hat eh Herzprobleme und das merkt niemand. Sie will *diesen* Mann hier. Koste es, was es wolle, doch im nächsten Moment schämt sie sich für diesen Gedanken.

Ihr Unterbewusstsein hebt mahnend den Zeigefinger! Das ist amoralisch und überhaupt nicht zu vertreten! Doch ihre innere Göttin verpasst dem Unterbewusstsein einen Kinnhaken, der es sofort außer Gefecht setzt.

„*Musst du noch mal in die Klinik?*", fragt sie ihn traurig.

Der Kapitän war zwar sehr laut am Telefon, aber Rieke hat wenig davon mitbekommen, weilte sie noch in anderen „Gefilden"…

Helge sieht sie verstört an.

„*Klinik? In was für eine Klinik? Ich muss sofort in die Einsatzzentrale.*"

"*Einsatzzentrale?*", wiederholt sie, „*Ich wusste nicht, dass eine Klinik eine Einsatzzentrale hat, oder bist du ein Notarzt?*"

„*Hat sie auch nicht,*", erklärt ihr Helge mürrisch, „*ich, bin doch kein Notarzt, Rieke – ich bin Kapitän bei der Wasserschutzpolizei!*"

„*Ach so.*"

In Riekes Stimme klingt ein wenig Enttäuschung mit.

„*Aber dafür, dass du kein Arzt bist, sind deine Behandlungen phänomenal!*"

Sie lächelt ihn an und setzt ihren „Bambi-Blick" auf. Helge ist hin und hergerissen zwischen Bleiben und Gehen. Eigentlich hat er überhaupt keine Lust, nach Duisburg zu fahren. Viel lieber würde er mit „*Schwester*" Rieke weiterhin „*Hallo Onkel*

Doc" spielen. Aber – die Pflicht ruft nun mal. Seufzend gibt er ihr einen Kuss.

„Wartest du auf mich? Du kannst auch ins Bett gehen. Ich weiß nicht, wie lange ich weg bin, ich schätze, wir werden die Kollegen aus Emmerich holen müssen."

Helge beugt sich zu ihr herunter und Rieke schlingt ihre Arme und seinen Hals, während sie ihm tief in die Augen blickt.

„Ich bin auch noch morgen früh da …", haucht sie.

Helge kann sich kaum von dem Anblick lösen. Aber – sein Pflichtgefühl siegt.

„Tschüss du", sagt er zärtlich und küsst sie erneut. Dann verlässt er sie und schnappt sich seine Jacke. Im Gehen dreht er sich noch einmal zu ihr.

„Bis bald?", lächelt er.

„Eher bis später!"

Rieke schnurrt beim letzten Satz wie eine Katze. Der Kapitän eilt aus der Tür. Rieke setzt sich auf den Rand des Sofas. Ja, sie wird ins Bett gehen. In sein Bett … und sie wird es genießen, auf diesen Mann zu warten. An Kurt denkt sie ab jetzt überhaupt nicht mehr …

Ehring fährt unterdessen wie der Leibhaftige mit seinem SUV über die Landstraße. Gut, dass heute nicht der Blitzmarathon in NRW läuft, denkt er sich. Innerhalb von 19 Minuten erreicht er die Einsatzzentrale. Für eine Strecke von 20 km eine gute Zeit! Der Kapitän stellt akkurat trotz Vollbremsung sein Auto auf dem Parkplatz ab und hechtet in die Einsatzzentrale. Kurz mit der Karte über den Scanner und schon steht er vor Reiter.

„Was machen sie eigentlich hier, Reiter? Sie haben doch schon längst Feierabend!"

Flo gähnt hinter vorgehaltener Hand. Er ist müde, aber er weiß, was sich gehört.

*„Ich muss doch „**Stracciatella**" in die Werkstatt zur Inspektion bringen, und da kann ich jegliches Zusatzentgelt brauchen, Chef…"*

„Sie und ihre Autos, Reiter – das nimmt mal ein schlimmes Ende mit Ihnen."

Florian sieht ihn müde an. Er könnte im Stehen einschlafen. *„Ja, mag sein, ist aber immer noch billiger als eine Frau. Die Kosten gehen ins bodenlose."*

Ehring grinst ihn an. Wo er recht hat, hat er recht.

„Lagebericht!"

Ehrings Miene wird dunkler und er setzt sich auf die Kante von Flos Schreibtisch.

„Also …", beginnt Florian, *"die ganze Mannschaft hat von Nörgels Essen gegessen. Mia hat die Funkanlage vollgekotzt, Pardon, ich meine mit Erbrochenem zerstört und einen Kurzschluss im System verursacht. Deswegen fiel die Peilung auch aus und wir konnten die nicht mehr erreichen."*

Ehring schüttelt verständnislos den Kopf. Die arme Mia! Dafür wird Nörgel sich verantworten müssen!

„Kapitän Zander, Feddervieh und Ohlsen wurden vor einer viertel Stunde zusammen mit der restlichen Mannschaft per Krankenwagen ins nächste Hospital gefahren. Verdacht auf Lebensmittelvergiftung."

Reiter leiert die Information förmlich herunter. Die Müdigkeit bricht sich doch Bahn und er gähnt hinter vorgehaltener Hand.

Ehring ist sauer und rutscht vom Schreibtisch. Er baut sich drohend vor Flo auf.

„Das gibt es doch nicht! Wie oft habe ich Grübchen gesagt, wir brauchen einen vernünftigen Koch! Und dann so was!"

Helge holt tief Luft. Er muss seine angestauten Aggressionen weg atmen. Das vermasselte Doktorspiel mit Rieke war schon eine Sache, aber das hier? Das schlägt dem Fass den Boden aus!

„Und Frau Hügel?"

„Ach, Frau Hügel …", Flo grinst Ehring an, *„der geht es gut, außer dass sie in Bezug auf Nörgel einen hysterischen Anfall hatte."*

„Den habe ich auch gleich, wenn der mir zwischen die Finger kommt", knurrt Helge.

„Frau Hügel hat Gott sei Dank nichts von Torbens Essen angerührt,", erklärt Flo tonlos weiter, *„und Torben selbst – der hat doch einen Magen wie mit Blech ausgeschlagen."*

„Gut,", unterbricht ihn Kapitän Ehring, *„wie kommt es, dass die* **WSP63** *anstatt in Koblenz in Emmerich weilt?"*

Er sieht Flo streng an.

„Tja,", Reiter verzieht sein Gesicht zu einer grinsenden Grimasse, weil er gar nicht weiß, wie er DAS dem Kapitän verticken soll, *„Kapitän Zander hat versehentlich einen falschen Kurs eingegeben und es nicht bemerkt. Statt* 50° 21'N, 7° 36'O *für Koblenz hat er diese Koordinaten eingegeben* 52° 33N 5'O *. Das sind aber die Koordinaten von Kampen in den Niederlanden",* sagt Flo kopfschüttelnd.

Weiter kommt Flo nicht mehr. Ehring hat schon Atemaussetzer. Er rastet aus!

„Ich habe es gewusst!!! Dieser Nichtsnutz von Zander!!! Dieser Penner!! Nicht nur, dass er mit meiner W.O. pennt, jetzt pennt er auch noch bei der Kursberechnung!!! Das hat ein Nachspiel!!!"

Der Kapitän ist außer sich vor Wut. Er läuft puterrot an und schnappt nach Luft, wie ein Fisch auf dem Trockenen.

„Wenn der glaubt, dass das kein Nachspiel hat, dann irrt der sich gewaltig! So viel Inkompetenz auf einen Haufen!!!"

Reiter ist um seinen Chef echt besorgt. Wenn der weiterhin so tobt, bekommt der noch einen Herzkasper!

„Sie wissen doch – der Rhein ist nun mal nicht die Ostsee, Chef. Als die nach dem Mittagsessen kurz vor Emmerich waren, ging es ihnen schon so schlecht. Kapitän Zander hat daraufhin den Autopiloten auf „cruisen" gestellt. Und so fuhr die **WSP63** *immer wieder an Emmerich vorbei, hat gedreht und fuhr wieder zurück. Wenn Frau Hügel nicht da gewesen wäre…"*

Helge schnaubt vor Wut wie eine Dampflokomotive.

„Wo ist Frau Hügel jetzt?"

Reiter zuckt mit den Schultern.

„Ich denke mal, die wird mit Zander ins Krankenhaus gefahren sein."

„Los holen sie ihre Jacke, Reiter – wir fahren ins Hospital."

Ehring steht vor ihm, wie eine Raubkatze, die gerade überlegt, ob sie ihre Beute jetzt schon schlägt, oder noch ein wenig mit ihr spielt.

„Was denn – jetzt?? Wir haben zehn Minuten nach eins!! Da können wir doch nicht…"

Ehring schneidet ihm das Wort ab.

„Wir sind die Polizei, wir können immer!"

Florian fühlt sich entsetzlich unwohl, als er auf dem Beifahrersitz des SUV von Kapitän Ehring Platz nimmt. So aufgebracht, wie der Chef jetzt ist, kann die Fahrt nicht gut werden.

„Sind die sicher, dass sie selbst fahren wollen, Kapitän – oder soll ich…?"

Flos Stimme klingt zaghaft fragend.

„Ich fahre, basta!", schnauzt Helge ihn an und haut mit voller Wucht den Rückwärtsgang rein. Das Getriebe knirscht hörbar und der Motor heult auf. Heute ist für Florian wirklich kein guter Tag – und schon gar nicht in den frühen Morgenstunden. Wenn der Kapitän so aggressiv fährt, wie der sich jetzt benimmt, wird das eine gnadenlose Fahrt. Da ist **„The Fast And The Furios**" gar nichts dagegen, denkt sich Flo und wünscht sich, Vin Diesel am Steuer zu sehen, der kann wenigstens fahren! Er drückt sich in den Sitz. Na – Prost Mahlzeit!

Ehring fährt einen Stil, der so manchen Formel I Fahrer blass werden lässt. Florian Reiter hat mittlerweile die Augen zu gemacht, weil er den entgegenkommenden Verkehr nicht beim Überholen sehen will. Wenn es knallt, will er wenigstens nicht hinsehen müssen. Der Chef fährt wie ein Wilder und für die Strecke von knapp 80km km brauchen sie gerade mal 40 Minuten. Trotz Überholverbot, Baustellen auf der A3 und Geschwindigkeitsbegrenzung. Na ja – denkt sich Florian – ist ja nicht mein Führerschein, den er riskiert. Helge hält mit quietschenden Reifen vor dem Klinikportal. Florian Reiter ist heilfroh, endlich wieder festen Boden unter den Füssen zu haben. Er schlägt die Tür zu und Ehring verriegelt den Wagen per Funk. Beide eilen zum Counter. Auf die Frage, wo die Kollegen stecken, erklärt die Dame an der Rezeption den beiden den Weg durch die Stationen.

Kurze Zeit später sehen sie Nörgel vor einem Zimmer sitzen. Er blickt gedankenverloren auf den Boden. Ehring eilt als Erster auf ihn zu, noch bevor Florian seinen Kumpel warnen kann.

„Was um alles in der Welt haben sie denen angetan, Nörgel!!!", brüllt Ehring ihn an.

Torben starrt den Kapitän an, als wäre dieser gerade einem Raumschiff entstiegen.

„Kapitän... Kapitän Ehring ... ich...", stammelt er hilflos.

Helge packt ihn am Arm und zieht ihn hoch.

„Sie verdammtes Arschloch, sie!! Sie bringen noch mit ihrem Fraß meine Crew um!!"

Torben ist entsetzt. Er hat sich ja schon einiges vom Kapitän bieten lassen, aber, dass er sein Essen als *„Fraß"* bezeichnet, ist das Letzte!

„Ich kann nicht dafür, wirklich ... ich..."

Weiter kommt Torben nicht. Helge lässt Torbens Arm abrupt los und schubst ihn damit wieder zurück in den Stuhl.

„Sollte Frau Ohlsen etwas Ernsthaftes geschehen, kastriere ich sie eigenhändig, Herr Nörgel!", zischt er ihn an.

Florian Reiter steht hilflos 2 Meter hinter dem Kapitän und signalisiert mit Schulterzucken, dass er Torben dieses Mal nicht helfen kann. Ehring stößt mit einem Ruck die Tür des Krankenzimmers auf, vor dem Nörgel sitzt. Im Bett liegt Mia Ohlsen, leichenblass und mit 2 Infusionen versehen. Ehring tritt an das Bett heran und streicht Mia über die Haare. Sie schlägt die Augen auf und sieht mit Verwunderung den Kapitän an.

„Hey – Frau Ohlsen!", sagt Helge leise zu ihr, *„Was machen sie denn für Sachen!"*

Mia ist immer noch müde, aber sie lächelt den Kapitän an.

„Kapitän … wie schön… sie … zu … sehen…".

Der sonst so *„kessen Lippe"* Mia fällt das Reden schwer. Ihr Mund fühlt sich trocken an. Ehring greift nach dem Wasserglas. Er hält Mia das Glas an den Mund. Sie trinkt und will sich artig bei ihrem Chef bedanken.

„Schscht… nicht reden Frau Ohlsen, nicht reden. Alles wird gut,", flüstert *Helge, „und ich schwöre ihnen, wenn sie nicht wieder auf die Beine kommen, schneide ich persönlich Nörgels Familienjuwelen ab! Die kann er sich dann gerne selbst zubereiten und essen!"*

Mia ist zwar noch sehr schwach, aber sie kriegt ihr entwaffnendes Lächeln wieder hin. Bei dem Anblick schmelzen alle Männerherzen, auch das eines Kapitäns.

„Nein, bitte … nicht … Kapitän…", Sie versucht, ihre Hand auf die von Helge zu legen, *„Nörgel kann … da … nichts … für…:"*

„Schon gut, Frau Ohlsen, dann darf er die eben behalte.,", lächelt Ehring sie an. *„Ich tue ihm schon nichts…"*

Mia schließt wieder die Augen.

„Ja,", kommentiert Helge milde, *„schlafen sie ein wenig, sie haben es sich verdient…"*

Im Hinausgehen schließt er leise die Tür. Nörgel und Reiter stehen nun zusammen und reden leise. Ein Blick des Kapitäns lässt Nörgel zusammenzucken. Ehrings Augen blitzen vor Wut.

„Wir beide," sagt er scharf, *„sind noch lange nicht miteinander fertig."*

Torben schaut betreten zu Boden. Da hat er sich aber was eingebrockt, denkt er.

Ehring geht schnurstracks in das Zimmer gegenüber. Auf dieser Zimmernummer liegen Zander und Feddervieh. Am Bett von Zander sitzt Wiebke Hügel, ihren Kopf auf seine Brust gelehnt. Sie scheint eingeschlafen zu sein. Was für ein Anblick denkt er sich grimmig, Romeo und Julia vereint! Er tippt Wiebke auf die Schulter und beugt sich herunter.

„Frau Hügel werden sie mal wach ...", sagt er leise in ihr Ohr.

Die W.O. zuckt zusammen und ist mit einem Schlag hellwach. Sie sieht Ehring entsetzt an.

„Kapitän Ehring ... wie kommen denn sie ... ich meine ...:"

„Sie meinen erst mal gar nichts,", sagt er steif, *„kommen sie mit, diese Pappnase läuft ihnen bestimmt nicht weg!"*

Wiebke Hügel steht auf und streicht sich erst einmal ihre Uniformhose glatt. Scheiße, wenn der Chef um die Uhrzeit eigens hier anrauscht, bedeutet das Ärger, und zwar gewaltigen Ärger! Blitz und Donner liegen in der Luft! Wie soll sie ihm das nur erklären? Ehring hält ihr galant die Tür des Krankenzimmers auf.

„Nach ihnen, Frau Hügel!"

Wiebke geht auf den Gang hinaus und Ehring schließt die Tür. Sie stehen draußen auf dem Flur und er sieht Wiebke an. Sie hat Schatten unter den Augen, also hat sie nicht geschlafen, denkt er sich.

„Rapport, Frau Hügel! Was war da los?"

Wiebke ist das sehr unangenehm. Sie schaut zu Boden.

„Ja - Kapitän Ehring … ich weiß gar nicht, wo ich anfangen soll…"

Der W.O. ist das Gespräch sichtlich unangenehm.

„Fangen sie doch am besten hier an. Am Ende der Geschichte! Was macht meine Crew hier in diesem Krankenhaus?"

Ehrings rechter Fuß klopft mit der Fußspitze immer wieder auf den Boden. Wiebke glaubt, aus seinem *„Steppen"* ***„We Will Rock You"*** herauszuhören. Das macht Ehring nur, wenn er hochgradig aggressiv ist und versucht, krampfhaft seine Aggressionen im Zaum zu halten. Er wartet und wartet und wartet … Wiebke Hügel muss alle sieben Sinne zusammennehmen, um sich jetzt irgendwas einfallen zu lassen.

„Frau Hügel! Ich warte…"

Zwischenzeitlich klopft er mit dem Fuß weiter ***„We Will Rock You"*** … Sie spürt an Ehrings Tonfall, wie aufgebracht er ist.

„Nun – ähh… wir haben von Nörgels Bamigoreng gegessen … nein, nicht alle. Nur ich nicht. Danach ist allen schlecht geworden und dann war die Funkanlage kaputt, weil doch Frau Ohlsen…"

Weiter kommt Wiebke nicht. Ehring steht stocksteif vor ihr und seine Miene verfinstert sich zusehends. Oh Mann, denkt sie sich, wenn der so dasteht, bedeutet das nichts Gutes!

„Mich interessiert viel mehr, wie es passieren konnte, dass niemanden aufgefallen ist, dass sie stromabwärts fahren, Frau Hügel, anstatt stromaufwärts!"

Wiebke blickt Hilfe suchend zu Nörgel und Reiter herüber, was Ehring natürlich bemerkt.

„Die können ihnen da auch nicht helfen!", presst er zwischen den Lippen hervor, *„Wieso ist ihnen das nicht aufgefallen? Oder waren sie mit Zander „anderweitig" beschäftigt".*

Hügel atmet schwer. Sie würde dem Kapitän jetzt gerne die passende Meinung dazu sagen, aber – sie hält sich zurück.

„Nein, Kapitän. Als Theo – äh – ich meine, als Kapitän Zander den Kurs eingab, stand ich am anderen Ende der Brücke. Ich habe nicht gesehen, dass…"

„Nein, Frau Hügel", Ehring redet zwar mit gedämpfter Stimme aber sein Ton klingt scharf, *„sie haben den Kurs nicht kontrolliert! Das ist absolut fahrlässig! Wieso ist ihnen nicht aufgefallen, dass sie nicht mal den Kölner Dom gesehen haben?"*

„Weil ich, weil wir…", stammelt Wiebke kleinlaut.

Helge wusste es die ganze Zeit über! Die haben sich in der Kajüte vergnügt!

„Ja, was denn, Frau Hügel," knurrt er sie an, *„weil sie vielleicht mit Kapitän Zander anderweitig ihrem privaten Vergnügen nachgegangen sind, statt auf der Brücke zu sein?"*

Wiebke Hügel steht jetzt mit hochrotem Kopf vor ihrem Kapitän und nickt nur beklommen.

„Ja, aber ich dachte, weil Feddervieh doch auch…"

Helge wird wieder etwas lauter, ist sich aber bewusst, wo er ist. Er dämpft erneut seine Stimme.

„Sie sind mein wachhabender Offizier auf der Brücke! Sie Frau Hügel und nicht Feddervieh, ist das klar?", presst er hervor.

„Kapitän," antwortet Wiebke geknickt, *„sie haben ja recht – das war absolut fahrlässig…"*

„Und dumm dazu auch noch!", komplettiert Helge den Satz, *„Das gibt einen Eintrag in ihre Personalakte, Frau Hügel, das ist ihnen doch wohl klar! Und mit Zander bin ich noch lange nicht fertig!"*

Wiebke Hügel bemüht sich, auf einen Punkt zu schauen. Das macht sie immer, denkt Helge, wenn sie versucht, nicht zu heulen, aber das ist ihm heute egal. Soll sie! Er ist jedenfalls stinksauer auf Hügel, auf Nörgel und vor allem aber auf Zander! Dieser unqualifizierte und inkompetente Möchtegern-Draufgänger! Der soll ihn ersetzen?

Er schaut Wiebke an.

„Sie können ja wieder ins Zimmer zu ihrem Romeo gehen, Frau Hügel. Reiter und ich nehmen Nörgel mit und fahren zurück. Ist das bei ihnen angekommen?"

Wiebke steht immer noch geknickt vor ihm.

„Ja, Kapitän," und fügt leise hinzu *„und danke, dass ich hierbleiben darf."*

„Wo und mit wem sie ihre Nächte verbringen, ist ihr Bier. Wenn sie im Dienst sind, zügeln sie gefälligst ihre hormonellen Inkontinenzen! Ich fahre jetzt nach Hause!" Ehring dreht ab und signalisiert Reiter und Nörgel mit einer Handbewegung *„Mitkommen"*.

Nörgel stapft Flo hinterher und hofft, so nicht direkt ins Sichtfeld von Ehring zu gelangen. Doch – wie immer hat er keine Chance. Ein Knopfdruck, und schon ist der Wagen offen.

„Reiter! Sie nach hinten und Nörgel – ab zu mir auf den Beifahrersitz!"

Torben verdreht die Augen und hofft, dass Florian etwas sagt. Doch der bleibt stumm und steigt hinten ein und so setzt sich Torben schweigend neben den Kapitän. Ehring startet den Motor und fährt genau wie auf der Hinfahrt die Strecke in 40 Minuten ohne ein Wort zu sagen.

Nörgel hat die Schweißperlen auf der Stirn, während Flo froh ist, hinten sitzen zu dürfen. Mit einer halben Vollbremsung hält der Wagen von Ehring vor der Einsatzzentrale. Florian Reiter steigt eilig aus. Nörgel will ihm gleichtun, doch Helge hält ihn am Arm fest.

„Und sie, Herr Nörgel verantworten sich bei Schichtbeginn für ihre Fahrlässigkeit, und zwar in Gegenwart vor ihrem Onkel Heinrich ist das klar?"

„Ja, ganz klar, Kapitän", erwidert Nörgel schuldbewusst.

„Und jetzt raus, bevor ich mir das mit ihren Familienjuwelen noch anders überlege!", schnauzt ihn Ehring an.

Eilig öffnet Torben die Beifahrertür. Er hat das mit den „Familienjuwelen" nicht ganz verstanden, aber er ist heilfroh den Wagen verlassen zu dürfen. Irgendwie hat der Kapitän heute so etwas Bedrohliches an sich! Helge gibt Vollgas und fährt mit quietschenden Reifen in Richtung nach Hause.

Chanson d 'Amour

Ehring schaut auf seine Uhr, nachdem er den Wagen an der Straße vor seinem Haus abgestellt hat. Doch schon halb drei morgens durch! Er ist müde und aufgebracht in einem. Schlafen wird er bei *dem* Adrenalinspiegel im Moment nicht können. Er schließt den Wagen ab und schreitet zur Haustür, die er eilig aufschließt. Irgendwie ist dieses Haus heute anders. Er erinnert sich an das kaputte Fahrrad, das am Gartenzaun lehnt. RIEKE! Mein Gott, er hat sie total vergessen! Er geht auf leisen Sohlen ins Wohnzimmer. Die Couch ist leer. Hat er das geträumt? Aber nein, das kaputte Fahrrad ist da. Nur – wo ist sie?

Als Nächstes entledigt er sich seiner Sachen und steigt unter die Dusche. Es tut gut, das prasselnde, heiße Wasser auf der Haut zu spüren. So langsam entspannt er sich. Sorgfältig spritzt er ein paar Tropfen von seinem Duschgel „**BOSS BOTTLED**" ® auf den Duschschwamm. Das ganze Badezimmer riecht innerhalb kurzer Zeit nach diesem wunderbaren Duschgel. Herb – männlich. Helge steigt nach getaner Arbeit aus der Duschkabine, trocknet sich vorsichtig ab, cremt sich sein Gesicht mit einem Klacks seiner Gesichtscreme ein und geht ins Schlafzimmer. Rieke! Ein Lächeln umspielt seine Lippen. Diese sagenhafte, sinnliche Frau liegt in seinem Bett! Er denkt an Schneewittchen und die sieben Zwerge, und er ist einer davon!

Rieke liegt auf der Seite und ihre linke Hand liegt auf seinem Kopfkissen. Er lächelt, als er sich aufs Bett setzt und vorsichtig Riekes Hand dort wegnimmt. Selbst im Schlafen ist diese Frau noch erotisch, denkt er sich. Er legt sich dazu und kuschelt sich bei Rieke und unter der Bettdecke ein. Merkwürdigerweise denkt er nun gar nicht mehr an sein Schiff, an das Krankenhaus, die arme Mia Ohlsen oder an die Pappnase von Zander. Irgendwie fühlt er sich unglaublich wohl und schläft ein …

Gegen halb acht morgens klingelt die Weckfunktion von Helges *SAMSUNG S20®*. Schlaftrunken greift er nach dem Mobiltelefon, das auf dem Nachttisch liegt, und schaltet den Wecker aus. Doch irgendwie steigt ihm der Duft von frisch gebrühtem Kaffee und gebratenen Eiern mit Speck in die Nase. Helge dreht sich zur anderen Seite. Doch die ist leer. Wo ist sie? Er steht auf und streift sich seinen dunkelblauen Morgenmantel von *Burberry®* aus reiner Seide über. Helge mag das Gefühl der Seide auf seiner nackten Haut. Vorsichtig geht er auf leisen Sohlen in die Küche. Rieke steht am Herd und brät Speck und Rührei. Er kann es überhaupt noch nicht fassen. Diese Frau kann sogar kochen! Er stellt sich hinter Rieke und küsst sie in den Nacken.

„Guten Morgen, Schwester Rieke,“ sagt *Helge* gurrend, *„ist das mein Frühstück?“*

Rieke schaltet die Induktionsplatte ab, auf der die Pfanne mit dem Speck und den Rühreiern steht, und dreht sich um. Sie sieht Helge in die Augen, danach wandert ihr Blick eine Etage tiefer. Helges Morgenmantel ist vorne offen und legt etwas frei, von dem sie gestern gar nicht genug bekam. Sie lächelt. Wow, dieses Lächeln denkt Helge, bringt mich noch um!

Sein innerer Adonis reibt sich schon die Hände. Der Morgen wird perfekt! So gut drauf war er schon lange nicht mehr!

Gekonnt setzt sie ihren berühmten Augenaufschlag ein.

„Oh – guten Morgen „Herr Doktor!", flüstert sie, „Nein, das Frühstück ist nicht für sie alleine, sondern… für uns."

Sie schlingt ihre Arme und Helges Taille und spürt, dass Helge an eine andere Form des Frühstücks denkt…

„Schade, dass wir gestern nicht mehr weiterspielen konnten", sagt sie mit gespielter Enttäuschung, „ich hätte da noch so eine schöne Behandlungs- und Untersuchungsmethode gewusst."

Helge küsst sie leidenschaftlich und Rieke erwidert den Kuss ebenso. Nach einer Weile lösen sich seine Lippen von ihren und wandern ihren Hals entlang in Richtung Schulter, während seine Hand abwärts in Fahrtrichtung Riekes Slip wandert.

„Stopp, halt!", wehrt Rieke ab, „Erst wird gegessen! Ich habe Hunger! Und wenn ich einen knurrenden Magen habe…"

„Bei mir knurrt im Moment etwas ganz anderes!", unterbricht sie der Kapitän. Helges Stimme bekommt einen frivolen Touch, „Möchtest du sehen was?"

Rieke schubst ihn lachend auf die Seite.

„Das brauche ich nicht zu sehen, das spüre ich. Aber darum kümmern wir uns später.", sagt sie und schiebt ihn auf Distanz, „Du – ich habe wirklich richtig Hunger."

„Und ich habe Appetit auf dich!", sagt Helge lächelnd und versucht, Rieke wieder in seine Arme zu ziehen. Doch die weicht geschickt aus.

„Komm schon – du Kapitän der sieben Weltmeere! Setz dich hin und iss was! Du musst doch bestimmt in deine Einsatzzentrale, oder?"

Helges Miene verfinstert sich mit einem Mal. Theo Zander!!! Wenn er den in seine Finger bekommt …

„Nun mach doch nicht so ein bierernstes Gesicht, das steht dir nicht, Helge."

Rieke dirigiert ihn in Richtung Küchentisch.

„Wir essen erst einmal, und dann sieht die Welt schon ganz anders aus!"

Während Helge Platz nimmt, schiebt Rieke die Spiegeleier, die absolut perfekt geraten sind, zusammen mit dem gebratenen Speck auf die Teller und reicht ihm einen davon an.

„Hier, großer Meister, nimm mal."

Rieke lächelt ihn mit ihrem besten und schönsten *„Guten-Morgen-Lächeln"* an. Ihr fällt eine rote Strähne ins Gesicht, die sie lachend wegpustet. Helge ist immer noch von dieser Frau fasziniert. Wenn er da nur an ihre Strümpfe denkt …

„Mit Eiern kannst du aber gut umgehen, Frau Botany! Die sind perfekt gebraten!"

Helges Gesicht nimmt wieder diesen merkwürdigen Ausdruck an. Seine Augen glitzern vor Begierde und die Iris schimmert grün wie ein geschliffener Smaragd.

Sein innerer Adonis führt dieses Mal einen Freudentanz auf und will Helge dazu bewegen, Frühstück einfach Frühstück bleiben zu lassen und stattdessen die Nahrungszufuhr auf einen anderen Zeitpunkt zu verschieben. Doch Helges Unterbewusstsein sitzt mahnend in der Ecke und signalisiert ihm, das zu unterlassen.

Ehring fügt sich. Was seinen inneren Adonis gar nicht amüsiert! Rieke setzt sich unterdessen und greift beherzt in den Brotkorb. Sie angelt ein Vollkornbrötchen heraus und gibt es

Ehring. Sie selbst greift sich ein Mohnbrötchen. Helge macht sich schon über die Eier und den gebratenen Speck her.

„Es war schön heute Morgen, dich in meinem Bett zu vorzufinden,", sagt er mit einem Blick, der Rieke fast vom Stuhl kippen lässt.

Ihre innere Göttin hat das genau registriert und kneift sie in die Seite. Dieser Mann … und du dumme Nuss denkst ans Essen … pah!

„Es war schön von dir, dass du dich dazu gelegt hast, ohne zu versuchen, mich wach zu machen. Ich dachte erst, du würdest mit mir U-Boot versenken spielen wollen."

Helge fällt vor Schreck die Gabel aus der Hand. Sie knallt mit voller Wucht auf den Tisch. Irritiert nimmt er die Gabel wieder auf.

„Du hast gar nicht geschlafen?"

Irgendwie ist er entsetzt darüber. Oder besser – enttäuscht wegen der verpassten Gelegenheit. Hätte er geahnt, dass sie gar nicht schläft, hätte er doch…

„Doch, schon – aber als du deinen Arm um mich gelegt hast, war das so schön… das wollte ich nicht kaputtmachen, weißt du…"

Sie schaut ihn mit dem berühmten *„Ich - könnte – dich – sofort - flachlegen"* Blick an. Ehring erschauert unter dem Blick.

„Ich hätte schon gewollt …", sagt er leise.

Rieke legt ihre Hand auf seine.

„Ich weiß, ich habe gemerkt wie sehr, aber ich war zu müde. Wenn ich meine sieben Sinne nicht beisammenhabe, macht es mir keinen Spaß."

Sie lacht wieder, dieses typische herzhafte und offene Lachen von Rieke, das er so mag.

Himmel – diese Frau ist einzigartig, denkt Ehring in dem Moment. So jemanden hat er sein halbes Leben lang gesucht, und jetzt hat ihm das Universum faktisch diese Frau vor die Haustür gelegt. Er lächelt. Irgendwie ist er verlegen. Und das für einen Mann in seinem Alter.

„Kann ich dich mal was fragen, Rieke?"

Ehring schneidet sein Brötchen auf und langt mit dem Messer nach einem Stück Butter.

„Ja - frag nur, ich beantworte alles. Was willst du denn wissen?"

Sie steckt sich ein Stückchen Käse in den Mund.

„Mhm, der ist aber lecker! Wo hast du diese kleine Köstlichkeit her?"

„Holsteiner Höhlenkäse," antwortet Ehring mit fast leerem Mund, *„habe ich von einem Kollegen aus Neustadt bekommen. Ich kenne da jemand, der fährt mit den großen Schiffen der Bundespolizei zur See die Einsätze auf der Ostsee."*

Rieke genießt den Rest dieses köstlichen Käses im Mund.

„Fabelhaft!", sagt sie, *„aber du wolltest mich doch was fragen."*

Ehring schüttet sich noch eine Tasse Kaffee ein und nimmt einen Schluck.

„Was machst du, wenn du mal nicht mit dem Fahrrad vor fremde Männer Autos fährst?"

Rieke muss lachen.

„Du meinst beruflich? Also – ich bin Ökotrophologin – zu Deutsch: Ich bin Ernährungsberaterin und Hauswirtschafterin, habe aber

Köchin gelernt, später noch den Studiengang der Ökotrophologie draufgesetzt, weil ich mich als Köchin nicht selbstständig machen wollte."

Auch Rieke schüttet sich noch etwas Kaffee in ihre Tasse.

„Und du …", fragt er leise, *„bist du… verheiratet, oder schon anderweitig vergeben …?"*

Eigentlich will Helge die Antwort gar nicht hören. Sie würde seine Illusion zerstören. Instinktiv merkt Rieke das. Sie streicht ihm über den Arm.

„Mein Mann ist seit über 15 Jahren sehr, sehr krank, Helge, und seitdem ist mit ihm nichts mehr los. Er kann nicht mehr aus dem Haus, ist depressiv, hochgradig herzkrank, hat Diabetes plus seit einem Jahr Bauchspeicheldrüsenkrebs und ich versuche, über meine Arbeit aus dem Haus zu flüchten."

Helge sieht sie ernst an.

„Und dann flüchtest du direkt in meine Arme…"

Sie erwidert den Blick und hält ihm stand.

„Das war keine Absicht, dir vor das Auto zu fahren, aber ich habe mich kurz vorher mit Kurt entsetzlich gestritten und musste einfach raus. Raus aus diesem verdammten Haus, weg von diesem Widerling! Ich war so aufgebracht, dass ich deinen Wagen nicht bemerkt habe."

Helge merkt, dass er da in ein Wespennest gestochen hat.

„Ich will mich nicht beklagen,", sagt Rieke ernst, *„wir hatten auch schöne Zeiten, mein Mann und ich. Aber jetzt ist er einfach nur … unerträglich! Er ist bösartig, gemein, hinterhältig und einfach nur … widerlich!"*

Rieke steht abrupt auf und stellt sich vor die Spüle an das Küchenfenster. Sie will nicht, dass Helge sieht, wie sie weint.

„Krankheit kann einen Menschen sehr verändern, Helge,", sagt sie traurig, *„er lässt mich dafür bluten, dass er krank wurde, lässt seinen Frust und seine schlechte Laune an mir aus. Ich bin sein Prellbock und das ertrage ich nicht mehr."*

„Hast du mal über eine Scheidung nachgedacht?", fragt Helge vorsichtig.

„Ja, habe ich,", sagt sie, *„aber ich käme mir so schäbig dabei vor. Es heißt doch immer, in guten wie in schlechten Zeiten…"*

Sie schaut unter Tränen blinzelnd in den wunderschönen Garten. Doch Helge Ehring ist ein sehr erfahrener, reifer und erwachsener Mann, dem so etwas nicht verborgen bleibt. Er steht auf, stellt sich hinter Rieke und legt seine Arme um ihre Taille. Fest drückt er sie an sich.

„Ich weiß, wie schlimm das ist. Und ich weiß, wie man sich dabei fühlt. Meine beiden Ehefrauen waren ähnlich. Bis ich die Notbremse gezogen habe, hat es sehr lange gedauert."

Er dreht sie um und drückt sie fest an sich.

„Du bist die wunderbarste Frau, die mir je begegnet ist, Rieke Botany," flüstert ihr Helge ins Ohr. *„Du hast eine solche Behandlung nicht verdient. Du musst dich von ihm trennen, hörst du? Du tust es für dich – und für uns."*

Rieke weint bitterlich an seiner Schulter. Ihre Tränen sickern auf den teuren Seidenmantel von **Burberry** ®, den Helge sich vor einiger Zeit im Zustand geistiger Umnachtung auf der AIDA gekauft hatte. Da war er mit Kara unterwegs. Gut, diese

Frau ist seine Vergangenheit, Rieke dagegen könnte seine Zukunft sein.

„Weine doch nicht, bitte…"

Helge ist voll Mitgefühl für diese einzigartige Frau, die ihn versteht wie keine Zweite. Die sinnlich ist, wunderschön und dazu auch noch intelligent. Eine, die seine geheimsten Wünsche lesen kann und erfüllt. Ohne zu fragen. Die lebenserfahren ist, und die - wie er - ähnliche Erfahrungen gemacht hat. Ein Juwel – das er nicht mehr hergeben möchte.

„Sieh mal", sagt er, *„mein Tag war gestern entsetzlich. Meine Crew fährt mein Schiff in entgegengesetzte Richtung, unser Koch verpasst meiner Besatzung eine Lebensmittelvergiftung. Ich muss einen Teil meiner Leute mitten in der Nacht aus Emmerich holen, während der restliche Teil noch im Krankenhaus liegt."*

„Oh – wie schrecklich", schluchzt Rieke, *„das tut mir leid, Helge."*

Ehring fährt mit der Hand liebevoll durch ihren Rotschopf.

„Und dann kommst du einfach in mein Leben. Wie vom Himmel gefallen!"

Er legt seinen Kopf auf ihre Schulter und atmet diesen Duft ein, der für ihn so wunderbar nach Rieke riecht.

„Eigentlich sollte ich meiner Mannschaft dafür dankbar sein.", sagt er lachend, *„So schlimm, wie mein gestriger Tag war, so wunderbar war die Nacht und so fantastisch ist der Morgen. Weil du da bist, Rieke Botany!"*

Durch einen Schleier von Tränen sieht sie ihn an und versucht, sich ein kleines Lächeln abzuringen. Helge schaut sie an. In ihr macht sich mit einem Mal ein Gefühl breit, was sie so lange nicht mehr gefühlt hat. Es überflutet alle ihre Sinne. Diese wohlige Wärme, die so guttut. Dieser Mann ist unglaublich, denkt sie. Ich glaube, ich liebe ihn.

Ihre innere Göttin macht vor Freude einen Salto rückwärts. Endlich hat sie es geschnallt!!

Helge, wischt ihr die Tränen aus dem Gesicht.

„So junge Frau. Ich muss gleich los, möchte aber noch in Ruhe mit dir einen Kaffee trinken!

Er bugsiert die verdatterte Rieke auf ihren Stuhl zurück und setzt sich.

„Du hast recht – ich habe doch Hunger," sagt er und lacht.

Rieke ist das erste Mal nach so langer Zeit in ihrem Leben glücklich. Sie schaut ihn lächelnd an.

„Ich auch!", sagt sie, *„Komisch, nicht wahr?"*

„Ja," sagt Helge, *„Liebe macht hungrig."*

Rieke wischt sich noch ein paar Tränen mit der Serviette ab. Sie lächelt.

Ihre innere Göttin spielt verrückt. „Er hat gerade das Codewort benutzt!!", brüllt sie.

Doch Rieke hat es schon verstanden.

„Wo sollte deine Crew überhaupt hin," fragt sie.

„Nach Koblenz," sagt *Helge* knurrig. Er wird immer noch böse, wenn er daran denkt.

„Mein Vertreter gibt stattdessen den Kurs nach Kampen in Holland ein!"

„Na, beides fängt zumindest mit „K" an, auch wenn's entgegengesetzt liegt.", lacht sie.

Er greift noch mal nach den inzwischen leider kalt geworden Speckstreifen.

„Ich vermute eher, dass Zander nicht einmal weiß, was stromab – und stromaufwärts heißt.", sagt er knurrig.

„Rheinaufwärts ist doch immer zur Quelle hin, abwärts von der Quelle weg zur Mündung.", sagt sie lachend.

„Woher weißt du das und meine Vertretung nicht?"

„Weil ich den Bootsführerschein der Klasse B und C habe. Also für Küstengewässer und offenes Meer. Früher bin ich viel mit Kurt gefahren.", sie stockt und versucht, die Traurigkeit in ihrer Stimme herunterzuschlucken, *„Doch seit Kurt so krank wurde, komme ich nicht mehr dazu. Unser Boot liegt im Weseler Jachthafen."*

Diese Frau wird immer interessanter, denkt sich Helge. Sie kann navigieren! Der Kapitän steht jetzt auf.

„Ich muss los, muss mich noch eben anziehen. Dann fahre ich zum Dienst."

Er sieht sie liebevoll an. *„Kommst du wieder?"*

Auch Rieke ist aufgestanden. Sie will den Tisch abräumen und spülen.

„Wenn du es möchtest, komme ich wieder..."

Helge stoppt und dreht um. Er nimmt sie in den Arm.

„Ja, Rieke, ich will, dass du wieder herkommst, auch heute Abend und an jedem weiteren Abend. Nur mit deinem Mann musst du dir eine Lösung einfallen lassen, hörst du?"

„Ja, Helge," Rieke nickt, *„ich lasse mir was einfallen. Du weißt doch, das Leben schreibt manches Mal die besten Drehbücher..."*

Helge zieht sich um. Es ist mittlerweile halb 9 und er muss sich sputen. Der Kapitän greift sich seine Uniformjacke und seinen Wagenschlüssel. Doch, bevor er das Haus verlässt, geht er kurz in die Küche zurück. Rieke räumt soeben das Geschirr in die Spülmaschine.

„Rieke – der Ersatzschlüssel liegt unter dem Blumentopf auf der rechten Fensterbank." sagt er lächelnd. *„Damit du auch ins Haus kommst, und dich nicht von fremden Männern ansprechen lassen musst."*

Rieke muss wieder lachen. Ihr Lachen, findet Helge, klingt so erfrischend, so ehrlich und echt.

„Wie heißt dein Boot?", fragt Helge beiläufig, bevor er geht. Rieke sieht von der Spülmaschine auf und schaut ihn lächelnd an.

„ALBATROS, ich habe es ALBATROS getauft."

Überraschung!

Gegen 09:00 Uhr betritt Kapitän Ehring die Einsatzzentrale. Hügel, Reiter und auch Nörgel stehen an der Kaffeetheke und unterhalten sich.

„Morgen!"

Ehrings sonore Stimme tönt durch den Raum. Nörgel und Berg zucken zusammen. Der Kapitän der **WSP63** zieht seine Uniformjacke aus und hängt sie lässig über seinen Stuhl.

„So, die Herrschaften, ich denke, es ist an der Zeit, Tacheles zu reden."

Die beiden blicken betreten zu Boden.

„Ist Grübchen in seinem Büro?"

Reiter nickt.

„Gut, ich hole sie gleich rein."

Ehring verschwindet in der Tür zu Grübchens Büro. Der telefoniert zwar noch, legt aber auf, als Helge den Raum betritt.

„Ich habe soeben mit dem Krankenhaus in Emmerich gesprochen, unsere „Kandidaten" sind auf dem Wege der Besserung."

Ehring setzt sich hin und schaut Grübchen an.

„So etwas darf nie wieder vorkommen, Herr Grübchen. Ihr Neffe in allen Ehren – aber das ist etwas, was gar nicht geht!"

Heinrich Grübchen sieht in verständnislos an.

„Bislang ist noch niemand von der Crew so krank gewesen. Das kann ja mal vorkommen, Ehring. Wir sind alles nur Menschen."

„Sie brauchen ihren Neffen nicht in Schutz zu nehmen, Herr Grübchen!"

Ehring ist sauer. Jedes Mal bekommt Nörgel Rückendeckung von seinem Onkel. Es ist zum aus der Haut fahren!

„Aber was anderes, Ehring – was macht die WSP63 in Emmerich? Die sollten gestern in Koblenz sein! Können sie mir das erklären?"

„Kann ich, Herr Grübchen … kann ich. Es liegt wie so oft an der Inkompetenz meines Ersatzmanns Theo Zander, den sie ja mit Vorschusslorbeeren ständig überhäufen!"

Helge redet sich in Rage. Am liebsten würde er Zander ein Disziplinarverfahren an seinen Allerwertesten hängen!

„Dieser inkompetente Schnösel kann rheinabwärts nicht von rheinaufwärts unterscheiden! Dazu gibt er noch einen falschen Kurs ein, weil er wieder nicht hingehört hat!"

Ehrings Augen nehmen einen unheilvollen Schimmer an. Zander hat Glück, dass er nicht im Raum ist. Wer weiß, was Ehring mit ihm anstellen würde, wären beide alleine…

Grübchen sieht ihn jetzt strafend über seine Lesebrille an.

„Ehring – mäßigen sie ihren Ton!", sagt Grübchen mahnend.

Helge ist schrecklich wütend. Er steht auf und geht zum Fenster, um sich abzuregen. Grimmig schaut er heraus. Der Himmel ist wie immer hellblau und die Kumuluswölkchen machen so schöne Figuren …

"Wissen sie Herr Grübchen, ich bin ja in den letzten Jahren schon einiges gewohnt,", sagt Ehring knurrig, ohne sich von dem Anblick der Kumuluswölkchen zu lösen, *„meine Mannschaft wurde ziemlich zerfleddert, wir hatten drei Ab- und Zugänge innerhalb von kurzer Zeit, aber das schlägt dem Fass den Boden aus!"*

Ehring dreht sich nun vom Fenster weg und sieht Grübchen an.

„Und dann stellen sie mir noch als Vertretung einen Kollegen zur Seite, der nicht mal das Wort Navigation schreiben kann, geschweige denn ausführen!"

„Na – nun lassen sie mal die Kirche im Dorf!", donnert Grübchen los, *„So schlimm ist es ja wiederum auch nicht. Irren ist menschlich!"*

„Irren?? Irren sagen sie?", Helge kocht vor Wut, *„Bei einem Irrtum setze ich Basiswissen voraus, und ich bemerke auch den Irrtum. Früher oder später!"*

Ehrings Laune ist auf dem Gefrierpunkt. Wenn Zander jetzt hier wäre …

„Ach – sie tun ja gerade so, als wenn sie nie Fehler machen! Sie machen keine in der Navigation, aber dafür vergaloppieren sie sich des Öfteren im Privatleben", sagt Heinrich abfällig.

Dass der Kapitän immer päpstlicher sein muss, als der Papst, wenn es um Zander geht, denkt sich Grübchen. Er schüttelt den Kopf.

Doch nun ist es mit der Fassung von Helge Ehring ganz vorbei. Er macht lautstark seiner Aggression Luft. Die Kumuluswölkchen am Himmel machen weiterhin so schöne Figuren. Sie bleiben vom Aggressionsgeplänkel zwischen Ehring und Grübchen völlig unbeeindruckt.

Reiter, Nörgel und auch Hügel hören von außen, wie Grübchen und Ehring sich gegenseitig anbrüllen.

„Scheiße", sagt Nörgel, *„und wir müssen da gleich alle rein! Das kann ja toll werden!"*

„Ne", sagt Reiter und grinst ihn an, *„Torben – nicht alle! Ich nicht!"*

„Aber ich muss da gleich mit rein,", Wiebke Hügel ist völlig aufgelöst, *„die zerreißen mich beide in der Luft!"*

Wie soll sie Grübchen die Sache mit Zander erklären? Sie konnte es nicht einmal ihrem Kapitän verständlich machen, obwohl der bestens Bescheid wusste.

„Ja, aber wieso denn?", fragt Torben, *„Sie können am wenigsten dafür, Frau Hügel."*

„Ich hatte aber die Verantwortung," zickt Wiebke ihn an, *„und der bin ich nicht nachgekommen!"*

Plötzlich fällt allen auf, dass kein Laut mehr aus Grübchens Büro dringt. Es ist totenstill. Alle schauen sich verwundert an.

„Entweder trinken die Brüderschaft", sagt Florian Reiter grinsend, *„oder Ehring hat Grübchen erschlagen."*

„Das ist nicht witzig, Herr Reiter", mault Wiebke Hügel. Im selben Moment geht die Bürotür von Grübchens Büro von innen auf und Ehring steht im Türrahmen.

„Frau Hügel! Ihr Einsatz, bitte!!"

Ach du meine Güte, denkt sich Wiebke, ist der geladen! Ehring macht eine galante, einladende Handbewegung, die so überhaupt nicht zu seinem knurrigen Gesichtsausdruck passt. Die W.O. hat das Gefühl, zum Schafott zu schreiten. Und die Guillotine heißt Grübchen. Kurze Zeit später steht sie vor Grübchens Schreibtisch.

„Frau Hügel, ich höre!"

Grübchens Stimme wirkt wie die eines Oberlehrers, der soeben seine Schülerin beim Schummeln erwischt hat.

„Tja – ähm – ich weiß gar nicht, wo ich anfangen soll."

„Am besten am Anfang", unterbricht sie *Heinrich*. *„Wieso haben sie den Kurs nicht kontrolliert, den Zander eingegeben hat?*

„Ich sah dafür keine Veranlassung, Herr Grübchen, und mir ist es nicht aufgefallen, dass wir auf falschem Kurs sind."

Wiebkes Körper strafft sich und sie steht stocksteif vor ihm.

„Und wann ist ihnen aufgefallen, dass sie sich überhaupt nicht in Richtung Koblenz bewegen? Unser wunderbarer Kölner Dom, die Brücken, die sie auf dem Weg nach Koblenz passieren müssen… Wieso hat sie das nicht gewundert, dass sie diese Wahrzeichen von Vater Rhein nicht gesehen haben???"

Wiebke schweigt und starrt die Wand hinter Grübchen an.

„Frau Hügel, ich habe sie eben etwas gefragt und ich erwarte eine Antwort!"

Heinrichs Stimme wird lauter und schärfer im Ton.

„Dazu möchte ich nichts sagen, Herr Grübchen."

Wiebke gerät ins Stocken. Himmel!! Wie soll sie Grübchen klarmachen, dass Zander und sie in ihrer Kabine ein Schäferstündchen hatten? Und das noch vor dem Mittagsessen!

„Weil ich … weil wir…", Wiebke fasst sich ein Herz, *„Weil Theo und ich uns anderweitig beschäftigt haben"*.

So, jetzt ist es raus! Grübchen sieht erst entsetzt zu Ehring und dann zu Hügel. Er donnert los.

„Ja, wo sind wir denn hier? Bei Sodom und Gomorra??"

Jetzt hält es Heinrich auch nicht mehr auf seinem Stuhl. Er steht halb auf und baut sich drohend vor dem Tisch auf.

„Sie sind doch nicht mehr 20 und sollten ihre hormonellen Unzulänglichkeiten im Griff haben! Das gilt auch für Kapitän Zander!!!"

Wiebke verdreht die Augen. Das ist ihr alles so peinlich!

„Herr Grübchen – das tut mir alles auch sehr leid, und ich habe mich schon bei Kapitän Ehring für mein Verhalten entschuldigt. Aber ich kann es nicht mehr rückgängig machen!! Wenn der Rest der Mannschaft nicht von Nörgels Essen so krank geworden wäre, hätten wir das bestimmt noch rechtzeitig bemerkt."

Wiebke wirkt niedergeschlagen. In Gedanken malt sie sich aus, dass sie ab jetzt nur noch Innendienst schieben muss.

„Ach – und sie meinen, dieses ist nur eine Verkettung unglücklicher Zufälle?? Sind sie derselben Auffassung, Kapitän Ehring?"

Jetzt ist Grübchen völlig aus dem Häuschen. So eine Unverschämtheit!! Da liegen seine Beamten während der Dienstzeit in den Betten und vergnügen sich in der Horizontalen! Das ist für den pflichtbewussten und erzkonservativen *„Onkel Heinrich"* zu viel.

„Ehring, ich habe sie gerade etwas gefragt!"

Helge steht neben Hügel und verzieht keine Miene.

„Ich habe es ihnen vorhin schon gesagt, dass ich das aus einem anderen Blickwinkel sehe," sagt Helge wütend, " *Ich gebe Frau Hügel recht. Es wäre überhaupt nichts passiert! Wie ich meine W.O. kenne, wäre es ihr auch rechtzeitig aufgefallen, dass der Kurs nicht stimmt! Aber sie war mit der Notversorgung der Kollegen und mit dem Hilferuf in der Einsatzzentrale völlig ausgelastet. Wenn Nörgel nicht so*

beschissen kochen würde, bräuchte von uns niemand im Notfallgepäck literweise MCP oder VOMEX® mitzuschleppen!"

Wiebke Hügel ist irritiert. Der Kapitän nimmt sie vor Grübchen in Schutz?

„Ich möchte, dass sich Nörgel ebenfalls verantwortet."

Ehrings Stimme klingt sehr hart.

„Gut,", Heinrich Grübchen antwortet genauso hart zurück, *„dann holen sie mir Torben!"*

„Frau Hügel, sie können gehen,", sagt Ehring schroff, *„und schicken sie Nörgel rein."*

Wiebke verlässt eilig den Raum und signalisiert draußen, dass Torben reinkommen soll. Sie hält ihm die Tür auf.

„Viel Spaß!", sagt sie frostig.

Torben betritt vorsichtig den Raum.

„Kapitän … Herr Grübchen…"

„Ach nun komm schon Torben, lassen wir die Formalitäten!"

Grübchen ist ziemlich aufgebracht. Wie soll er sich seinem Neffen jetzt gegenüber verhalten?

„Wie konnte das passieren, Torben?", poltert Grübchen los. Nörgel steht wie ein begossener Pudel vor ihm.

„Ich … ich habe 4 Beutel BAMIGORENG aus der Tiefkühlpackung in die Pfanne gehauen und die Hähnchenstreifen dazu. Mehr nicht, ich schwöre!"

„Hast du die Packungen auf das Mindesthaltbarkeitsdatum geprüft, bevor du diese in den Umlauf gebracht hast?", fragt Heinrich böse.

Torben druckst herum.

„Die Packungen waren noch alle okay. Das habe ich geprüft, Onkel Heinrich. Da die Mannschaft, die vor 4 Tagen nicht haben wollte, habe ich sie zusammen mit den rohen Hähnchenstreifen wieder eingefroren. Ich habe es noch mal vor 2 Tagen versucht, aber da wollten die es auch nicht. Ich schmeiße nie Lebensmittel weg. Ist doch schade drum".

Ehring schlägt sich mit der flachen Hand vor die Stirn.

„Mein Gott, Nörgel!!! Sie können einmal aufgetautes Hähnchen nicht wieder einfrieren und dann wieder auftauen!!! Das weiß doch jeder!!"

Ehlers möchte Nörgel am liebsten für seine grenzenlose Dummheit eine Ohrfeige verpassen.

"Sie müssten einmal dringend in eine Kochschule, und Hygiene sollte ihnen als Sanitäter doch nicht fremd sein!!"

Ehring schaut Nörgel böse an.

"Wie kann ein Mensch nur so dumm sein!! Die haben alle eine saftige Lebensmittelvergiftung!!"

„Ja, aber denen geht es schon ein wenig besser …", wirft Nörgel ein.

„Nur, weil ein jeder von uns als Notfallration gegen ihr Essen MCP und VOMEX ® in der Tasche hat! Außerdem liegen Feddervieh, Ohlsen und Zander im Krankenhaus!"

Grübchen horcht auf.

„Was ist den M-C-P?

„Metoclopramid!", tönt es von Nörgel und Ehring gleichzeitig.

„Ein Medikament, was die Magen und Darmbewegungen beruhigt,", fügt Nörgel noch hinzu und erhält einen strafenden Blick vom Kapitän, der sich wieder Grübchen zuwendet.

„Nein – Herr Grübchen – so etwas geht in Zukunft nicht! Solange wie ich noch Kapitän der **WSP63** *bin, bekommt Nörgel per sofort Zutrittsverbot zur Kombüse!"*

Helge ist außer sich vor Wut.

„Gut, gut … Nun kommen sie mal langsam wieder herunter, Ehring!", schnauzt ihn Grübchen an. *„Dann werden wir uns eben etwas anderes einfallen lassen!"*

Er macht eine Pause und sieht Nörgel böse an.

„Und du Neffe, kannst gehen!"

Nörgel sieht seinen Onkel an, als habe er immer noch nicht begriffen, wie glimpflich das für ihn abgelaufen ist.

„Raus hier!", brüllt ihn Onkel Heinrich an.

Nörgel verlässt eilig das Büro seines Onkels.

Jetzt sind Helge und Grübchen alleine. Helge ist sauer auf Grübchen. Und er ist mindestens genauso sauer auf Frau Hügel und Nörgel und – vor allem aber auf Zander! Der Kapitän der **WSP63** knurrt Grübchen an.

„Wie soll denn das werden, Herr Grübchen, wenn ich zum Jahresende aus dem Dienst ausscheide?"

„Wessen Idee war das denn, Ehring? Meine war es nicht!", knurrt Heinrich zurück. Die beiden stehen sich jetzt gegenüber wie zwei bissige Hunde vor dem Hundekampf.

„Ach ja?", zickt ihn Helge an, *„Sie sind doch der ganzen Zeit der Auffassung, dass es besser ist, die Jungen ranzulassen! Wo das hinführt, sehen wir ja!"*

„Das ist kein Problem, wir werden Zander und Hügel trennen. Zander bleibt auf der **WSP59**. *Frau Hügel wird provisorisch der neue Kapitän der* **WSP63** *werden, wenn sie zum Jahresende aufhören. Danach überlege ich mir, ob ich Frau Hügel im Kapitänsposten belasse, oder nicht. Ende der Diskussion, Ehring!"*

Helge will noch etwas sagen, aber Grübchen kommt ihm zuvor.

„Nun freuen sie sich doch auf den Ruhestand, Ehring. Den haben sie sich redlich verdient! Genießen sie die Zeit der Ruhe und der Entspannung!"

Helge winkt ab und verlässt aufgebracht Grübchens Büro. Er knallt die Tür hinter sich zu. Ihm reicht es für heute.

Während in der Einsatzzentrale mit Nörgel und Co. an diesem Vormittag noch heftig Stress ist, räumt Rieke währenddessen die *„Ehring'sche Küche"* auf, und macht das Bett. Sein Bett. Zärtlich streicht sie über die Laken. Nein, für sie steht fest – Kurt muss weg. Würde sie sich scheiden lassen, dürfte sie noch für ihn aufkommen! Soweit käme es noch! Rieke ist jetzt 54 Jahre alt und hat weiß Gott keine erdenkliche Lust, nur noch für die Kosten aufzukommen, die ihr Mann fabriziert und für dessen Drecksarbeiten ihr Dasein zu fristen. Völlig isoliert von allem.

Kurt ist in den letzten Jahren seiner Krankheit zum Soziopathen mutiert. Ja, es stimmt schon, denkt sich Rieke. Er ist krankhaft eifersüchtig, kontrolliert sie dauernd, ruft sie ständig auf dem Mobiltelefon an, um zu wissen, wo sie ist und was sie macht. Die Krankheit hat ihn bösartig und verbittert werden lassen. Deswegen hat sie auch ihr Mobiltelefon zu Hause nach dem Streit vergessen, aber sie wollte nur aus dieser misslichen Situation, aus diesem Streit mit ihm raus. Sie seufzt. Im Prinzip schämt sie sich für ihre Mordgedanken an Kurt, aber sie will nicht mehr so leben!

Langsam schließt sie die Schlafzimmertür und wirft einen letzten Blick auf das Bett. Sie lächelt, als sie ihren Mantel über den Arm legt und das Haus von ihm verlässt. Sie hebt den Blumentopf auf der rechten Fensterbank an und nimmt den Schlüssel, der unter dem Topf liegt, an sich. Rieke schließt die Augen, drückt den Schlüssel an ihr Herz und denkt einen Moment – an ihn. Helge Ehring. Der Kapitän, der ihr Herz im Sturm erobert hat. Dann steckt sie den Schlüssel in ihre Manteltasche, schnappt sich ihr völlig demoliertes Fahrrad und humpelt nach Hause. Nach ca. einer halben Stunde Fußmarsch steht sie wieder vor ihrem Haus an. Bevor sie aufschließt, holt sie erst einmal tief Luft! Kurt wird sie gleich wieder anschreien und aufs Übelste beschimpfen. Aber sie muss nach Hause, nicht nur, weil sie frische Sachen zum Anziehen braucht. Sie muss in ihre Praxis. Es stehen zwar heute keine Termine an, aber Büroarbeit muss auch getan werden. Zusätzlich braucht sie eine gute Ausrede, wo sie die Nacht verbracht hat. Rieke schließt auf, doch es herrscht eisige Stille. Ein seltsamer Geruch macht sich breit.

„Kurt?", ruft Rieke laut, *„Kurt!! Wo steckst du??"*

Doch Kurt meldet sich nicht. Kein Gekeife, kein Gezanke. Merkwürdig! Rieke beschleicht ein mulmiges Gefühl. Wahrscheinlich hat er irgendetwas Ekliges ausgeheckt, um sie wieder einmal zu ärgern. Sie geht ins Schlafzimmer und sieht ihren Mann ausgestreckt auf der einen Hälfte des Ehebettes liegen. Sie wundert sich, dass er um die Uhrzeit noch schläft. Der Geruch ist jetzt unerträglich.

„Kurt", ruft Rieke schroff und öffnet die verschlossenen Vorhänge sowie die Fenster, „Ich hatte gestern Abend einen Unfall, ein Autofahrer hat mich angefahren. Ich war im Krankenhaus, und habe mein Handy hier liegenlassen, deswegen bin ich auch jetzt so spät."

Sie dreht sich um, aber Kurt wacht nicht auf. Dieser Geruch! Er ist widerlich! Rieke geht langsam an das Bett und stupst Kurt vorsichtig mit dem Finger an, doch die Haut fühlt sich kalt an. Rieke weicht entsetzt zurück. Jetzt erst erkennt sie, dass sich die Haut von Kurt langsam gelblich verfärbt. Kurt ist ... tot. Einfach so! Rieke wird furchtbar übel! Ihr Herz beginnt zu rasen, ihr Mann ist tot!! Wie benebelt verlässt sie das Zimmer und knallt die Schlafzimmertür zu. So sehr, wie sie sich seinen Tod gewünscht hat, so hart trifft es sie, und das – obwohl sie schon überlegte, wie sie Kurt auch ohne Scheidung aus dem Weg räumt.

Doch nun ist sie ganz durcheinander. Das Leben ist ihr zuvorgekommen, oder eher der Tod? Sie geht in die Küche und kocht sich mit ihrer Espressomaschine eine Tasse Kaffee. Ihre Hände zittern, sie weiß nicht, ob sie weinen oder lachen soll. Rieke nimmt die Tasse von der Maschine und stellt sie auf den Tisch. Sie muss sich erst einmal setzen. Sang und klanglos hat er sich aus dem Staub gemacht. Stirbt einfach so, kurz und schmerzlos und hinterlässt ihr auch noch ein schlechtes Gewissen. Real betrachtet ist ihr Problem jetzt gelöst, denkt sie, denn Kurt hat es vorgezogen, sich heimlich zu verdrücken. Sie nimmt einen Schluck aus der Tasse und spürt, wie das schwarze, heiße Nass ihre Kehle herunterrinnt. Jetzt heißt es, ihren Verstand arbeiten zu lassen. Sie muss sich sammeln.

Rieke schnappt sich das Funktelefon und informiert unverzüglich den Hausarzt, Dr. Schreyner über das plötzliche Ableben ihres Gatten. Der Hausarzt erreicht binnen einer Stunde den Ort des Geschehens. Rieke zeigt nur kurz mit der Hand die Richtung des Schlafzimmers an. Der Doktor nickt zustimmend, und kommt nach kurzer Zeit in die Küche zu Rieke, die wie versteinert dasitzt.

„Mein Beileid, Frau Botany", sagt er kühl. *„Das war abzusehen. Er hat gestern Abend einen schweren Hinterhofinfarkt bekommen. Sie wussten ja, wie es um ihn stand. Wieso informieren sie mich jetzt erst?"*

Rieke schaut den Arzt an. *„Sie kannten meinen Mann und was für ein Stinkstiefel er war. Wir hatten uns gestern Abend so sehr gestritten, dass ich die Nacht über im Büro geschlafen habe."*

Der Arzt setzt sich Rieke gegenüber an den Küchentisch. Er holt ein Formular aus seiner Aktentasche und beginnt es auszufüllen.

„Sie auch einen Kaffee?", fragt Rieke ihn mit monotoner Stimme.

„Gerne", sagt Schreyner, *„und bitte schwarz ohne alles."*

Rieke steht auf und holt eine der Tassen aus dem Küchenschrank und stellt sie unter die Maschine. Der Kaffee duftet beim Brühvorgang schon köstlich. Sie stellt ihm die Tasse vor die Nase. Der Arzt macht direkt einen großen Schluck davon.

„Ich informiere eben den Bestatter, wenn es ihnen recht ist. Die sollen dann ihren Mann mitnehmen. Der Totenschein lautet auf

natürlicher Tod mit multiplem Organversagen bei Bauchspeichel-
drüsenkrebs, Frau Botany. Es war ja abzusehen.“

Rieke nickt. Irgendwie ist es jetzt auch nicht gut, wo er tot ist.
Sie sollte froh sein, dass er endlich weg ist. Doch das kann sie
nicht. 25 Jahre Ehe hinterlassen Spuren und lassen sich nicht
so einfach auslöschen. Schreyner wählt von seinem Handy das
Bestattungsunternehmen an und regelt den Abtransport der
Leiche.

„Ich bin sicher, Frau Botany, dass er es da, wo er jetzt ist, sicherlich
besser hat. Er ist sehr gebeutelt worden und den Rest besorgte der
Krebs.“

Rieke fällt ihm ins Wort.

„Verschonen sie mich damit, Doktor Schreyner!! Ich weiß, wie krank
mein Mann war. Sie wissen genau, dass mein Mann die letzten Jahre
zu einem Tyrannen mutiert ist. Eigentlich müsste ich froh sein, dass
er tot ist. Um ihn Weinen kann ich nicht, ob sie das nun pietätlos
finden oder nicht, ist mir egal.“ Riekes Stimme klingt sehr unter-
kühlt.

Schreyner sieht sie fassungslos an.

„Frau Botany! Ich bitte sie! Dass ihr Mann aufgrund der Krankheit
nicht einfach war, wissen wir beide. Krankheiten verändern Men-
schen. Manches Mal zum Schlechten. Trotzdem tut es mir leid, dass
er so gestorben ist.“

Es schellt. Rieke steht auf und öffnet. Die beiden schwarz ge-
kleideten Herrn vom Bestattungsinstitut stehen an der Tür.
Rieke fällt unwillkürlich **„Men in Black“** ein. Die beiden Herren betreten mit einem Alu-Sarg die Wohnung. Rieke verweist
sie ins Schlafzimmer. Sie selbst geht zurück in die Küche, wo
Dr. Schreyner immer noch etwas schreibt. Innerhalb von einer

Stunde ist der Spuk vorbei und Rieke sitzt wieder alleine in der Küche. Sie denkt an Helge. Ob sie ihn anrufen kann? Da fällt ihr ein, dass sie nicht einmal die Handynummer von ihm hat. Also wird sie bis heute Abend alles regeln, und gegen 5 zu Helge gehen.

Ihre innere Göttin stellt schon mal die Uhr auf 17 Uhr ein. Sie macht sich schon entsprechend zurecht und freut sie wie ein Schneekönig! Endlich – freie Bahn! Doch ihr Unterbewusstsein jedoch erteilt der inneren Göttin erst einmal einen ordentlichen Seitenhieb! Pietätlosigkeit geht gar nicht, und so erzeugt ihr Unterbewusstsein eine gehörige Portion Schuldgefühl und Tränen.

Rieke fängt sich nach einer Stunde wieder, trocknet ihr Tränen, zieht sich um und fährt ins Büro.

Die Liebe ist ein seltsames Spiel

Als Helge gegen halb sieben nach Hause kommt, empfängt ihn beim Öffnen der Haustür ein unglaublicher Duft von Gebratenem. Rieke! Sie ist zurückgekommen, denkt er freudig.

„Rieke?", ruft er vorsichtig.

„Ja, hier, in der Küche!"

Helge schmeißt seine Jacke über die Couch und läuft in die Küche. Der Tisch ist gedeckt – und Rieke sieht in ihrem kleinen Schwarzen umwerfend aus. Und erst die High Heels und die Strümpfe! Helge ist restlos begeistert! Er weiß, dass sie darunter Strümpfe trägt. Na ja, Wissen ist zu viel gesagt. Er *hofft* mehr, dass sie ihre Stockings trägt. Sie steht vor dem Herd und schiebt soeben eine Pfanne in den Backofen.

„Hallo Kapitän meines Herzens!", sagt sie und stellt den Ofen auf Warmhaltetemperatur ein, *„Wie war der Tag?"*

Helge findet, dass Rieke schon von ihrer Rückseite einfach zum Anbeißen aussieht. Eigentlich interessiert ihn kaum mehr das Essen. Er hat einen etwas anderen Appetit und den möchte er unverzüglich stillen!

Sein innerer Adonis wirft schon mal mit dem Lasso.

„Hallo schöne Frau! Mit diesem Anblick habe ich gar nicht gerechnet! Wie war dein Tag? Hast du mit deinem Mann eine Regelung treffen können?"

„Oh – das hat sich von ganz alleine gelöst, mein Lieber,", sagt sie etwas verlegen, *„Kurt ist in der vergangenen Nacht an den Folgen seines Krebses gestorben. Multiples Organversagen."*

Helge ist entgeistert. Damit hat er nicht gerechnet. Er sieht sie an. Hoffentlich hat sie da nicht nachgeholfen, denkt er.

„Oh, das tut mir leid, Rieke," sagt er mitfühlend, *„das hat dich bestimmt sehr mitgenommen."*

„Ach was, das braucht dir nicht leidzutun,", sagt sie hart, *„es war ja irgendwo abzusehen. Ich habe nur ein schlechtes Gewissen, weil ich nicht zu Hause war."*

Sie atmet einmal tief durch, dreht sich um und lächelt ihn an.

„So, jetzt aber genug von dem Thema. Ich halte es lieber mit den Lebenden!", sagt sie lasziv und kommt auf ihn mit wippenden Hüften zu. Helge denkt unwillkürlich an die Models auf dem Catwalk.

„Übrigens - es gibt Schweinelendchen in Pfefferrahmsoße", sagt sie mit verruchter Stimme zu ihm und schmiegt sich an seinen Körper.

„Ich hätte gerne die anderen Lendchen", sagt Helge süffisant und tätschelt ihren Hintern *„obwohl die nicht auf der Speisekarte stehen, aber ich auf die im Moment mehr Appetit."*

Er drückt sie fest an sich. Rieke spürt, wie sehr er darauf Appetit hat! Helge registriert wohlwollend, dass auch Rieke den ganzen Tag darauf gewartet hat. Seine Hände streichen über Riekes gut gebauten Körper. Wow! Ihre Kurven fassen sich an, wie die Karosserie eines Porsche Carrera 911. So sanft, ihre Rundungen so geschmeidig…

„Was willst du zuerst? Den Nachtisch, das Hauptgericht, oder zuerst die Vorspeise?", raunt sie ihm ins Ohr.

„Alles,", flüstert ihr Helge lüstern ins Ohr, *„ich will dich!"*

„Lass mich meinen Tag heute vergessen, Helge,", flüstert sie, *„mein Nachtisch ist besser als das gesamte Hauptgericht!"*

Ihre innere Göttin stößt einen Freudenschrei aus. Vergessen ist Kurt, der ganze schreckliche Tag, das Beerdigungsinstitut und die Praxis.

Auch Helge vergisst für diesen Moment alles um sich herum, den Ärger mit Nörgel und Grübchen, den ganzen Stress von heute. Jetzt gibt es nur noch sie und ihn, sonst nichts, und Rieke soll für immer bleiben. Er will nicht mehr, dass sie geht. Diese Frau ist der Hammer!

Sein innerer Adonis reibt sich vor Begeisterung die Hände. Also so eine Lust hatte er nicht mal bei Kara gehabt…

Rieke schiebt ihn etwas von sich weg und sieht ihn an. Dieser Mann ist ein Phänomen! Sie sieht in seinen Augen die gleiche Lüsternheit und Wollust, die auch sie fühlt. Helge Ehring ist in Riekes Augen Erotik pur, und alles ist echt – ganz ohne Viagra® oder andere Hilfsmittel, und es gehört alles ihr! Sie löst den Reißverschluss und lässt bedenkenlos ihr Kleid fallen. Das, was Helge jetzt sieht, ist atemberaubend. Die Korsage, die Strümpfe …

Er will sie jetzt, hier – sofort … Und er weiß, er braucht nicht, wie *Jack Nicholson* einst in *„Wenn der Postmann zweimal* *klingelt"[3]* zu warten, bis *Jessica Lange* ihm nach dem Klingeln öffnet. Außerdem können Küchentische auch für andere sinnliche Genüsse zweckentfremdet werden, denkt er sich und lächelt … Es muss nicht immer Kaviar sein….

Riekes innere Göttin macht sich schon mal für die Szene aus" 9 ½ Wochen"[4] bereit, in der Mickey Rourke seiner Kim Basinger die Augen verbindet, sie mit Honig beschmiert, diesen abschleckt und zwischendurch mit Erdbeeren füttert.

Leider hat Rieke in der Eile vergessen, Erdbeeren zu besorgen.

Ihre innere Göttin schmollt. Diese Frau! Immer vergisst sie das Wichtigste!

Niemand von beiden verschwendet ab jetzt auch nur einen Gedanken an Schweinelendchen in Pfefferrahmsoße oder generell ans Essen …

---

[3] US-amerikanisches Filmdrama mit Jack Nicholson und Jessica Lange nach dem gleichnamigen Roman von James M. Cain (Quelle: Wikipedia)
[4] 9 1/2 Wochen ist ein US-amerikanischer Erotikfilm aus dem Jahre 1986 (Quelle: Wikipedia)

Ende gut – alles gut?

Mittlerweile ist das Jahr fast zu Ende, und Ohlsen, Feddervieh und auch Zander konnten nach der Episode *„Wie vergifte ich meine Kollegen"* aus dem Hospital nach 10 Tagen entlassen werden.

Gruber sorgte dafür, dass Nörgel einen vernünftigen Kochkurs bei Frau Botany bekam, die er über ihren verstorbenen Mann her kannte. Sein Neffe hat gut bei Rieke kochen gelernt und darf auch so wieder seinen Küchendienst auf der **WSP63** versehen. Feddervieh freute sich wie ein Schneekönig, als er endlich das neue Getriebe für das Schiff bekam. Er sah es als vorzeitiges Weihnachtsgeschenk an, dass Grübchen ihm gemacht hat. Alles für seine **WSP63**!

Wiebke sieht nach dem *„Zwischenfall"* Theo Zander nur noch abends, was sie sehr ärgert. Binden will sie sich die nächste Zeit nicht, bei Zander jedoch würde sie vielleicht eine Ausnahme machen. Theo ist für sie unwiderstehlich, und da ein Einsatz mit ihm zusammen dank Grübchens toller Dienstpläne im Moment nicht möglich ist, sieht man sich nur nach Feierabend. Wenn man das überhaupt bei den merkwürdigen Schichtplänen sagen kann, die Grübchen die letzte Zeit verteilt. Beide überlegen, ob es nicht sinnvoll wäre, endlich zusammenzuziehen. *„Onkel Heinrich"* hat indes dafür gesorgt, dass Zander und Hügel nie wieder Dienst zusammen machen, und er lässt sich auch auf Wiebkes Gezeter bezüglich der Dienstpläne nicht ein.

Der Dezember ist angebrochen und Helge Ehring macht es am 12. Dezember endlich offiziell, dass Rieke Botany und er ein

Paar sind. Wiebke und Theo sind von der Nachricht völlig überrascht, dachten sie immer, ihr Kapitän sei zum klösterlichen Orden der Enthaltsamen gewechselt, nachdem Kara Fernerliefen ihren Chef so rüde entsorgt hatte.

Helge blieb bis zum Dezember verschwiegen wie ein Grab und ließ keinen Ton über seine Liaison mit Rieke verlauten. Doch auch Rieke hat in ihrer kleinen Ernährungsberatungspraxis keinem Menschen gegenüber auch nur mit einem Wort erwähnt, dass Helge und sie zusammen sind. Kurt war tot, und Rieke wollte kein Gerede haben. Was hätten denn die Leute dazu gesagt, hätten sie um die Tatsache gewusst, dass Rieke mit Helge gerade dabei war, sich gegenseitig ungeahnte Wünsche der dritten Art zu erfüllen, während ihr Mann mit dem Tod rang?

Die Einsatzzentrale im Duisburger Hafen ist zu der Zeit weihnachtlich geschmückt, als Helge die Bombe platzen lässt. Er stellt 3 Flaschen alkoholfreien Sekt auf die kleine Kaffeetheke und befördert ein paar Sektgläser aus einem Schrank zutage. Mia schaut verständnislos zu Flo, der ihr schulterzuckend signalisiert, dass auch nicht versteht, was das soll.

„Chef", fragt Mia freudestrahlend, „gibt es was zu feiern?"

„Ja, gibt es!"

Helge entkorkt die erste Flasche mit einem lauten und nicht zu überhörendem „Plopp" und schenkt den Sekt in die Gläser. Im selben Moment kommt Grübchen aus seinem Büro.

„Ehring! Was ist denn das? Gibt es etwas zu feiern? Ihre Pensionierung ist erst gegen Jahresende!", sagt Grübchen laut.

„Doch – es gibt etwas zu feiern und ich möchte es mit ihnen allen tun.", sagt Helge mit einem Lächeln auf den Lippen.

Gut, dass dieser blöde Penner von Zander nicht auch noch hier ist, denkt Helge, aber er möchte diesen Moment gerne mit seiner Crew teilen. Der Kapitän gibt jedem ein Sektglas in die Hand und nimmt sich zum Schluss das letzte Glas, das noch am Counter steht.

Er hebt es hoch und spricht: *"Wie ihr sicherlich alle wisst,"* dabei schaut er böse zu Grübchen rüber, *„hat mich Kara vor ein paar Monaten ..."*, er räuspert sich, *„verlassen."*

Die Mannschaft wusste es bereits, denn Grübchen hatte nichts Eiligeres zu tun, als den SMS-Abflug von Kara Fernerliefen der Mannschaft zu stecken. Helge geht nun um den Counter herum und stellt sich in die Mitte der Crew, die einen kleinen Kreis um die Theke gebildet hat. Entspannt lehnt er sich mit dem Rücken an den Rand der Theke.

„Aber - die Liebe ist ein seltsames Spiel, heißt es ja, sie kommt und geht von einem zum andern."

„Ja", sagt Nörgel freudig, *„das sang Conny Francis in den 60er!"*

Gut, dass er alte Schlager mag, denkt sich Nörgel lächelnd, sonst hätte er das jetzt nicht gewusst.

Helge schaut ihn irritiert an und fährt fort.

„Ich habe mich neu verliebt und möchte auch mit dieser Frau den Rest meines Lebens verbringen.", sagt er lächelnd.

Sein innerer Adonis klatscht sich begeistert auf die Schenkel! „Und vor allem die Nächte, du Vollpfosten!", raunt er Helge zu. Doch der reagiert darauf gar nicht. Letztlich ist er im Dienst.

„Ehring! Ja, nun sagen sie mal! Das sind ja tolle Neuigkeiten! Wie es denn das passiert? Kenne ich die Glückliche?"

Der Kapitän schmunzelt.

„Das denke ich schon, Herr Grübchen, letztlich hat Nörgel bei ihr das Kochen gelernt!"

„Die Botany? Sie sind mit Frau Botany zusammen?", ruft Nörgel ganz laut und ist völlig von der Rolle.

Grübchen schaut ihn tadelnd an. Er mag nicht, wenn Nörgel die Leute nur beim Nachnamen nennt.

„Was – wirklich? Sie und Frau Botany – ein Paar?" Die Überraschung in Grübchen Stimme ist nicht zu überhören.

„Wo haben sie sich denn kennengelernt, Chef?", fragt Mia freudig, *„das müssen sie uns erzählen! Unbedingt!!"*

„Das, liebe Frau Ohlsen,", lacht Helge sie an, *„ist eine lange Geschichte!"*

„Oh bitte, bitte, Kapitän,", bettelt Mia und klatscht vor Freude in die Hände, *„ich stehe auf Lovestorys!"*

„Ja, klar – passt ja auch zu dir!", wirft Reiter ein und kassiert von Mia einen bitterbösen Blick.

„Ich kann wenigsten mehr lieben als so ein dämliches Auto!"

„Meine „Stracciatella" ist kein dämliches Auto!", sagt Flo trotzig.

„Ach Kinners, nu hört doch mal auf, euch zu streiten! Ehring, erzählen sie doch mal, wie haben sie denn Frau Botany kennengelernt? Ihr Mann ist doch erst vor Kurzem verstorben!"

Mia flüstert Nörgel das Wort *„Single Börse* und *„Speed Dating"* ins Ohr, worauf der loslacht.

„Was gibt es denn da zu lachen?", fragt Grübchen ungehalten, „Die Liebe ist eine ernste Angelegenheit!"

„Um es kurz zu machen,", wirft Helge ein, „ich hatte mit Frau Botany einen Zusammenstoß und daraus wurde mehr."

„Ja, das glaube ich!", kichert Mia.

„Frau Ohlsen, ich muss doch sehr bitten!", Grübchen wirft ihr einen bösen Blick zu.

Mia beißt sich verlegen auf die Unterlippe.

„T'schuldigung, Kapitän, ist mir so herausgerutscht!"

Helge grinst.

„Ich habe Frau Botany mit meinem Auto angefahren, weil ich sie nicht auf ihrem Fahrrad im Dunkeln bemerkt habe."

„Oh wie schön, Kapitän,", sagt Mia und freut sich sehr, „und dann wurde aus dem Bums später noch mal Bums?"

Im gleichen Moment merkt sie, was sie da gerade gesagt hat.

„Verzeihung, ich meine natürlich…"

„Frau Ohlsen, also wirklich!", ruft Heinrich pikiert.

„Lassen sie gut sein, Herr Grübchen," sagt Ehring schmunzelnd, „das ist die Jugend! Die sehen das viel einfacher als unsereiner."

Ehring hebt das Glas in Höhe.

„Ich möchte sie alle für den jetzigen Samstag ins ALOHA'OE" einladen. Rieke und ich feiern da ab 20 Uhr unsere Verlobung. Und es wäre schön, wenn sie alle Zeit hätten und kämen!"

„Selbstverständlich darf der Kapitän ihres Herzens auch mitkommen, Frau Hügel.", sagt Helge gönnerhaft zu ihr und nimmt einen Schluck Sekt aus seinem Glas.

Wiebke lächelt erleichtert und prostet mit erhobenem Glas als Zeichen des Dankes Helge Ehring zu.

„Siehst du, Flo – so macht man das!", ruft Mia und wirft Flo einen abschätzenden Blick zu.

„Bah,", mault Florian Reiter und macht eine abfällige Handbewegung, *„das wirst du eh nicht erleben, dich will doch keiner! So frech, wie du immer bist!"*

„Ha!", kontert Mia, *„dich will doch auch keiner, seit dich deine Flamme in Hintern getreten hat! Nur dein Auto hört dein Seufzen!"*

Florian schaut Mia giftig an.

„Nun ist aber Schluss!", sagt Grübchen laut, *„Sie verderben ja Kapitän Ehring die ganze Stimmung. Also ich komme in jedem Fall. Frau Botany kenne ich seit langer Zeit über ihren verstorbenen Kurt. Und ich freue mich, Ehring! Für sie und für Rieke! Mit ihr haben sie einen Volltreffer gelandet!"*

Grübchen setzt das leere Sektglas an der Theke ab.

„So – und nun aber wieder an die Arbeit".

Heinrich geht zurück in sein Büro und die Mannschaft der **WSP63** ist wieder unter sich.

Wiebke Hügel geht längsseits mit Ehring.

„Kapitän, danke dafür, dass ich zu ihrer Feier meinen Theo mitbringen darf.", sagt sie heiter, „Nebenbei eine vielleicht indiskrete Frage. Wie ist denn dieser … Zusammenstoß passiert?"

Ehring grinst.

„Das wollen sie nicht wirklich wissen, Frau Hügel."

„Doch!", Wiebke bleibt beharrlich freundlich. *„Warum denn nicht? Ich meine – sie haben mich bei Grübchen wegen der Sache mit Theo …"*, Wiebke lächelt ihn an, *„wirklich rausgehauen. Dafür wollte ich ihnen noch danken, Kapitän. Das war sehr nett."*

„Ich kann es nicht leiden", sagt Ehring ernst, *„wenn Grübchen immer wieder seine „Seilschaften" spielen lässt, damit Nörgel ungeschoren davonkommt."*

Wiebke lacht verhalten.

„Ja, aber Frau Botany hat ihm ordentlich zugesetzt. Seien sie ehrlich, Kapitän – so gut wie die letzten Wochen haben wir auf der **WSP63** *noch nie gegessen, oder?"*

„Nein,", Helge lacht jetzt auch, *„das stimmt, und die Handschrift von Rieke ist unverkennbar! Sie kocht göttlich!"*

„Oh ja,", sagt Wiebke Hügel lang gezogen, *„das glaube ich, aber ich denke, sie muss auch noch andere göttliche Qualitäten haben, nicht wahr?"*

Ehring grinst sie an.

„Diese, Frau Hügel behalte ich für mich. Ein Gentleman genießt und schweigt."

„Und sie wollen wirklich zum Jahresende aufhören, Kapitän?", fragt Wiebke besorgt, *„Ich kann mich überhaupt nicht an den Gedanken gewöhnen, mit ihnen keinen Dienst mehr zu verbringen."*

Ehring seufzt.

„Ich ehrlich gesagt auch nicht, Frau Hügel, aber ich denke, es ist besser so. Außerdem möchte ich mit Rieke endlich das Leben genießen. Und so ganz dem Wasser fern bleibe ich ja nicht."

Wiebke schaut ihn verwundert an. Ehring sieht ihr Erstaunen und muss lachen.

„Rieke hat ein wunderbares Boot, eine 15 Meter – Jacht und da werden wir sicherlich viel Zeit drauf verbringen."

„Oh – das ist schön, Kapitän,", sagt Hügel lächelnd. *„Ich habe schon befürchtet, dass sie zu Hause versauern."*, sagt Wiebke traurig.

„Ach Frau Hügel", erwidert Ehring mitfühlend, *„wir arbeiten seit Jahren **mit**einander und da gewöhnt man sich **an**einander. Dennoch denke ich, dass die Entscheidung zum jetzigen Zeitpunkt richtig ist, auch wenn ich diese Entscheidung mit dem Kopf und nicht mit dem Herzen getroffen habe."*

Wiebke Hügel lächelt ihn an und prostet ihm erneut zu.

„Werden sie glücklich, Kapitän! Sie haben es sich verdient!"

Die Tage vergehen wie im Flug und die Besatzung der **WSP63** ist froh, dass keine ernsthaften Zwischenfälle mehr vorgekommen sind. Weder an Bord – noch zu Wasser.

Der Samstag naht und Rieke ist sichtlich aufgeregt. Helge ist schon seit einiger Zeit so merkwürdig, findet Rieke. Irgendetwas geht da vor, dessen ist sie sich sicher. Aber *„Herr Ehring"* ist und bleibt zugeknöpft. Zumindest tagsüber – im Gegensatz zu den Nächten. Da ist er sehr *„offenherzig"*. Rieke lächelt, als sie daran denkt. Dieser Mann macht sie verrückt! Und das nicht nur bei Nacht. Er ist unergründlich – nie bestimmend, aber immer führend. Alles in allem ist Helge Ehring ein krasser Widerspruch in sich, doch gerade das liebt sie an ihm. Kurts Beerdigung war aus diesem Grund für Rieke absolute Nebensache, trotz ihres schlechten Gewissens. Bislang wusste niemand, dass sie und Helge eine Beziehung miteinander pflegen, aber – es gab diesbezüglich Tratscherei ohne Ende. Sie, gerade verwitwet, lebt in „wilder Ehe" mit einem anderen Mann. Oh je, denkt sie, aber irgendwann ist der Zeitpunkt da, wo beide die Hosen runterlassen mussten. Der Gedanke erfreut Rieke insgeheim. Weiß sie doch, was für Überraschungen ein Helge Ehring für sie bereithält, wenn er mal die Hosen runterlässt…

Riekes innere Göttin rekelt sich zufrieden auf der Couch. Ehring hat in 3 Monaten das wettgemacht, was dieser Widerling von Kurt Botany in mehr als 5 Jahren versaut hat. Sie stößt einen wohligen Seufzer aus.

Trotzdem stimmt heute irgendetwas mit Helge nicht, denkt sich Rieke. Es ist Samstag, er hat dienstfrei. Dennoch ist er schon seit dem frühen Nachmittag verschwunden. Plötzlich klingelt Riekes Handy. Sie nimmt ihr **IPhone-X®** in die Hand und schaut auf das Display. Es zeigt Helges Bild. Freudestrahlend nimmt sie ab.

„Hallo du untreuer Typ. Wo steckst du denn?"

Ehring lacht laut auf. Untreu? Bei dieser Frau? Niemals!

„Ich habe eine Überraschung für dich, Traumfrau," sagt er mit einem Unterton in der Stimme, der Riekes innere Göttin sofort in Alarmbereitschaft schickt.

„Zieh bitte dein kleines Schwarzes an,", säuselt er ins Telefon. *„Das komplette Outfit, bitte".*

Sie lacht jetzt auch und Helge am anderen Ende der Leitung, findet ihr Lachen elektrisierend.

„Sag mal, wohin willst du mich entführen? In den Swinger Klub?"

Helge ist irritiert. Zumindest im ersten Moment.

Doch sein innerer Adonis reckt den Hals. Swinger Klub? Keine schlechte Idee!

„Nein, Rieke – ernsthaft. Ich habe eine kleine Überraschung für dich. Zieh dich ordentlich an. Ein Taxi holt dich in ca. 2 Stunden ab. Steig ein – und stell keine Fragen."

Rieke ist verwundert und amüsiert zugleich. Aha – eine Überraschung hat er für sie! Deswegen die letzten Tage seine Geheimniskrämerei!

„Hör mal du,", sagt sie, *„es sitzt aber kein Typ im Auto, der mir die Augen verbindet und mich ins Schloss nach Roissy entführt? Wir spielen nicht die „Geschichte der O[5]" nach, oder?"*

Helge lacht jetzt ganz laut. Der Witz ist köstlich, kennt er doch den Film und das Buch *„Die Geschichte der O".*

„Nein, beruhige dich. Keine Sorge. Aber bitte – Rieke, tue, was ich dir sage. Dieses eine Mal."

Rieke ist empört! Zumindest tut sie so.

„Du tust ja gerade so, dass ich nie das tue, was du sagst. Also wenn ich da an heute Nacht denke…"

---

[5] Die Geschichte der O ist die erotische Verfilmung des 1954 erschienenen Romans von Anne Desclos, die unter ihrem Pseudonym Pauline Réage den Roman veröffentlichte. Er ist einer der bekanntesten sadomasochistischen Romane der Welt, der 1975 mit Udo Kier und Corinne Cléry in den Hauptrollen verfilmt wurde.

Helge ist mit einem Mal völlig abgelenkt. Ja, diese Nacht war wieder einmalig. Diese Frau macht ihn noch ganz verrückt.

„Machst du es?", fragt Helge leise, *„ist für die Überraschung…"*

„Ja, klar."

Rieke freut sich unbändig. Sie liebt Überraschungen! Vor allem seine!

„Okay, dann lege ich jetzt aber auf. Ich habe nur 2 Stunden Zeit, um mich für meinen Piraten der Karibik aufzudonnern."

Rieke legt auf. Sie ist glücklich wie noch nie in ihrem Leben zuvor.

Um halb acht hält ein Taxi vor dem Haus von Ehring. Rieke kommt heraus und setzt sich auf einen der Rücksitze. Der Fahrer selbst sagt kein Wort. Auch nicht während der Fahrt. Rieke fragt sich die ganze Zeit, was Helge vorhat. Nach einer Weile hält das Taxi vor dem *ALOHA'OE.*

Helge steht schon draußen und macht ihr galant die Autotür auf. Sie schaut ihn entgeistert an. Helge im schwarzen Smoking! Traumhaft. Ihr Herz schlägt bis zum Halse.

„Willkommen, Madame!", sagt er lächelnd.

Rieke schwingt elegant ihre Beine aus dem Wagen und Helge reicht ihr lächelnd den Arm. Irgendwie fühlt sie sich wie auf Wolke 7. Dieser Mann geht Arm in Arm mit ihr ins *ALOHA'OE,* in das teuerste und edelste Restaurant – Hotel der Stadt! Nicht zu fassen!

Ehring führt seine Traumfrau um die Ecke zu einem separaten Raum. Er kann sich an seiner Rieke nicht sattsehen. Sie hat das Outfit an, das er sich gewünscht hat. Sie sieht einfach umwerfend aus mit den schwarzen Hold Ups und den High Heels. Wunderbar! Helge ist so stolz auf sie, auf seine Rieke!

Langsam öffnet er eine Zwischentür. Rieke könnte schwören, leise Musik zu hören, aber sie sieht keine Band oder eine CD-Anlage. Merkwürdig. Doch als Helge die Zwischentür weiter öffnet, sieht und hört Rieke auch die Band, die leise einen Song spielt, den sie nicht kennt und sie bemerkt ein großes Buffet in der Ecke. An einem großen Tisch sitzen die Kollegen von Helge Ehring, allen voran Heinrich Grübchen mit Ehefrau. Rieke und er kennen sich und sie schaut verlegen von Grübchen zu Helge. Der signalisiert *„alles okay".*

Trotzdem fühlt sich Rieke leicht unwohl, irgendwie deplatziert. Grübchen steht als Erster vom Tisch auf und begrüßt sie.

„Rieke! Wir haben uns lange nicht mehr gesehen!! Sie sehen fabelhaft aus! Da kann ich Kapitän Ehring aber gut verstehen!"

„Schön sie wiederzusehen, Heinrich!", antwortet Rieke mit laszivem Augenaufschlag. Helge stellt Rieke seine Crew vor.

„Nörgel und du – ihr kennt euch ja schon!", sagt er knapp.

Nörgel steht artig auf, und reicht ihr die Hand.

„Das kann man wohl sagen! Hallo Frau Botany!"

„Und Herr Nörgel – wie klappt es in der Kombüse?"

Torben wird vor lauter Verlegenheit rot im Gesicht, weil jetzt alle lachen.

„Na, das Training musste doch gut gewesen sein, weil erstens keiner mehr Salmonellen oder Sonstiges an Vergiftungserscheinungen aufweist, und zweitens hätte Helge sich schon beklagt wegen schlechter Verpflegung!", lacht sie.

Helge schaut sie unterdessen die ganze Zeit an. Er kann den Blick nicht von ihr wenden. Diese Frau ist animalisch schön! Atemberaubend! Und – sie gehört ihm ganz alleine!

Sein innerer Adonis leckt sich genüsslich über die Lippen. Endlich hat sein Besitzer die Frau gefunden, die er verdient. Hat lange genug gedauert.

Helge läuft zur Bühne und der Gitarrist übergibt ihm das Mikrofon. Rieke dreht sich um, als sie seine Stimme *„Guten Abend"* sagen hört. Da steht er nun. Der Mann, der sie begehrt, wie kein Zweiter und den sie begehrt. Er sieht traumhaft aus. So männlich, so unwiderstehlich …

Riekes innere Göttin legt sich schon einmal auf die Couch und knöpft ihre Korsage auf. Der Abend wird spannend!

Er räuspert sich.

„Bevor wir zum Essen schreiten, habe ich eine Überraschung für sie alle, aber ich denke, die größte Überraschung mache ich der Dame, die mein Herz im Sturm erobert hat. Und das alles, nachdem ich schuldhaft ihr Fahrrad demoliert habe."

Der Kapitän sieht Rieke an, die rot anläuft. Sie weiß nicht, was sie sagen soll und schaut verlegen auf den Boden.

Riekes innere Göttin tritt gegen ihr Schienbein. Sie ist erbost übers Riekes Blick auf den Boden. So ein Blödsinn! „Du schaust nach unten? Schau ihn an! Wir werden einen geilen Abend haben!"

Die Mannschaft der **WSP63** ist mittlerweile aufgestanden und hat sich um Rieke herumgestellt. Doch die hat das gar nicht bemerkt, sondern hat ab jetzt nur Augen für *„ihren Kapitän"*…

„Wie alle meine Kollegen und Freunde wissen,", erläutert Ehring seine Situation galant, *„habe ich eine schwere Zeit durchgemacht. Und wenn ich ehrlich bin – an die Liebe konnte ich nicht mehr glauben. Passend dazu kommt noch zum Jahresende meine Pensionierung – da dachte ich schon, mir zieht man den Boden unter den Füßen weg. Doch dann kam dieser besagte Abend – und damit..."*

Helges Stimme wird immer belegter. Er kann seine Rührung und seine Emotionen nur mühsam verbergen.

„Und damit kamst du in mein Leben, Rieke. Diesen Abend werde ich niemals vergessen."

Er kommt langsam mit dem Mikro von der Bühne und steuert geradewegs auf Rieke zu. Die ist wie vom Donner gerührt und wird von einem Glücksmoment überschwemmt, der sie trifft wie ein Tsunami. Es raubt ihr die Luft und sie kann nichts sagen. Helge kommt immer näher und näher.

„Und damit ich für den Rest meines Lebens solche Abende und Tage mit dir verbringen darf, frage ich dich hier und heute...", seine Stimme stockt und er muss erst einmal schlucken. Rieke sieht ihn mit weit aufgerissenen Augen an.

„Rieke Botany – willst du meine Frau werden?"

Jetzt ist es mit Riekes Fassung ganz dahin. Sie fällt Helge um den Hals und weint bitterlich. Nur dieses Mal sind es Freudentränen. Das ist also die Überraschung!! Sie sieht Helge an und bemerkt, dass auch bei ihm die Tränen ihren Weg gefunden haben. Während beide so engumschlungen stehen, holt irgendjemand von der Band das Mikrofon wieder zurück

Die Mannschaft applaudiert mit Begeisterung. Wiebke Hügel weint jetzt auch an der Schulter von Theo Zander. Sie ist unglaublich gerührt von den Worten ihres Kapitäns! Dass dieser Mann so emotional sein kann … Nein, also das haut Wiebke um. Die Band setzt mit dem nächsten Stück ein. *„Hold me now"*, von *Johnny Logan* erklingt. Langsam fängt Helge an, sich und seine Rieke im Takt zur Musik zu bewegen.

„Ich liebe dich, Helge Ehring!", flüstert Rieke ihrem Kapitän mit tränenerstickter Stimme zu, *„Ich habe mein Leben lang auf jemanden wie dich gewartet…"*

Helge drückt sie noch fester an sich.

„Ich lass dich nie wieder gehen, hörst du?", hört Rieke ihn sagen.

Auch Ehring hat Mühe, die Tränen zu unterdrücken. Er hat den Hauptgewinn gezogen, den 6er im Lotto mit Zusatzzahl. Den Jackpot des Lebens!

Alles andere um ihn herum ist unwichtig geworden. Grübchen, die Mannschaft, die Band - einfach alles. Auf der Tanzfläche sind nur er und sie. *Seine* Rieke. Die Frau, die mit ihm das Ruder seines Lebensschiffes übernehmen wird. Mit der er um die halbe Welt segeln will und mit der er den Rest seines Lebens verbringen möchte. Vorbei sind alle Karas und Kurts dieser Welt. Es gibt ab jetzt nur noch ihn und sie – und die ALBATROS.

Über den Autor und die Story

Wer die Serie „*Küstenwache*" im ZDF Abendprogramm kannte und auch liebte, weiß um die Charaktere der Originale. In 17. Staffeln und 299 Episoden haben wir der „*Küstenwache*" unsere Aufmerksamkeit geschenkt.

Natürlich hätte der „*echte*" Kapitän Ehlers niemals so agiert. Die Drehbücher waren so geschrieben, dass seine männliche Seite nicht so ganz zur Geltung kommen durfte. Frau Berg, die von **Sabine Petzl** verkörpert wurde, war schon ein echter Hingucker und entsprechend wurde sie hier durch meine *Wiebke Hügel* ersetzt. *Saskia Berg* stellte in der Serie ab *Episode 128* den weiblichen wachhabenden Offizier der ALBATROS II dar. Keiner von den Originalfiguren hätte so extreme Charakterzüge oder ein solches überspanntes Verhalten aufgewiesen, geschweige denn auslebt. **Aber – dieses ist eine Satire.** Eine Persiflage auf all die kleinen Anspielungen, die oftmals in der Serie unterschwellig gemacht wurden.

Ab Folge 82 wurde der arme Kai Norge **(Andreas Arnstedt)** immer wieder subtil daran erinnert, dass es mit seinen Kochkünsten nicht zum Besten bestellt ist. Er wurde als Mamasöhnchen dargestellt, auf der Suche nach der passenden Frau. Nie hat es wirklich mit einer Dame geklappt. Deshalb erhält sein Pendent hier in meiner Satire als *Torben Nörgel* so nebenbei auch einen Kochkurs, weil er dafür sorgte, dass die Mannschaft komplett ausfiel. Oder *Marten Feddersen (**Andreas Dobberkau**)* der neue Maschinist, der ab Folge 215 nach Jahren

116

Wolfgang Unterbauer (**Elmar Gehlen**) ersetzte. Er hatte es schwer, denn die Fußstapfen, in die er treten musste und die Unterbauer hinterließ, waren sehr groß. Alle Bootsfrauen, angefangen mit Rita Friesen (spielte **Lena Lessing** bis Episode 13 mit) bis hin zur letzten Episode waren immer gut aussehende Frauen, die dem Kapitän an die Seite gestellt wurden. Natürlich beflügelte dieses die erotischen Fantasien der Fans zwischen Kapitän und Bootsfrau. Insgesamt wurden 8 Bootsfrauen für die Serie „verschlissen".

Meine Persiflage beruht auf den letzten Charakteren (Staffel 16/17), sowie der letzten Bootsfrau, *Pia Cornelius* (**Lara-Isabell Rentinck),** die ab Folge 233 die Besatzung mit ihrer kecken Art bereicherte. Sie ersetzte die vorherige Kollegin *Leonie Stern* (***Ann-Kathrin Bach***), bei der in den letzten Folgen eine kleine Liaison mit dem Kommunikationstechniker Ben Asmus (***Max-Florian Hoppe***) angedeutet wurde.

Auch *Ben Asmussen* hat hier sein Gegenstück in der Figur des *Florian Reiter* gefunden. Wie sein Original Ben ist er Kommunikationstechniker und fährt ebenfalls einen schicken, sehr auffälligen Wagen. Ben Asmus fuhr in der Originalserie ein sehr auffälliges Cabriolet, das er liebevoll „**Barbarella**" taufte. Daher musste er für sein Gegenstück, *Florian Reiter*, auch mit dem Wagen herhalten. So wie sein großer „Bruder" besitzt auch Florian ein tolles Auto, allerdings eine Nummer kleiner, einen FIAT 500 CC Cabrio, das auch er zärtlich „*Stracciatella*" in Anlehnung an die „*Barbarella*" seines Originals getauft hat. Sein Auto erinnert durch die perlmuttfarbene Lackierung mit den unregelmäßigen schwarzen Tupfen schon sehr an das gleichnamige Eis.

Da hatte es **Manou Lubowski** als Thure Sander ab Episode 274 etwas schwerer, denn das „Erbe" was Ehlers/Joswig hinterließ, wog für die meisten der Fans schwer. Eine solche charismatische Figur zu ersetzen, wird jedem Drehbuchautor schwerfallen. Glücklicherweise war die Figur des Thure Sander in der Serie schon etabliert, deshalb war es simpel. Doch leider wurde die 17. Staffel auch mit Manou Lubowski die letzte...

Meine innere Göttin flaggte Trauer ... und für die Fans der Serie wehten die Fahnen auf halbmast...

Manou Lubowski in der Rolle des Kapitäns Sander durfte das erste Mal in einer Vorabendsendung seine sexy Seite als Mann zeigen. *Sander* durfte für kurze Zeit das sein, was *Ehlers* nicht so recht durfte. Ein Mann, der liebt. Das Verhältnis mit seinem wachhabenden Offizier Berg trug dazu bei, dass in meiner Persiflage die beiden Gegenstücke Zander/Hügel natürlich ebenfalls ein „*Techtelmechtel*" haben. Zu meiner Freude synchronisiert **Manou Lubowski** den Schauspieler **Tom Ellis** in der *Netflix-Produktion „Lucifer"*, die hier in Deutschland auf *Amazon Prime* läuft. **Tom Ellis** verkörpert einen sexy aussehenden Teufel, der sich in Los Angeles niederlässt, weil er das Höllenleben langweilig und öde findet. **Lubowskis** Synchronstimme passt so wunderbar zu Tom Ellis, und ich bin jedes Mal erfreut, ihn als Synchronstimme zu hören, wenn ich „*Lucifer*" schaue. Entsprechend freue ich mich sehr auf die Staffel 5B, die in Deutschland Ende Mai bei Amazon Prime laufen wird.

„*Mein Kapitän der Herzen*" durfte in der Persiflage als Pendent von *Holger Ehlers* seinen Mann stehen. In jedweder Hinsicht.

Ich habe immer etwas anderes in den Charakteren der „*Küstenwache*" gesehen, als das, was die Serie zeigte. Darunter war viel Menschliches, bisweilen Komisches, ich sah die Schauspieler darunter, die den Figuren Leben einhauchten, und ich sah das Entwicklungspotenzial der Figuren. Passend dazu habe ich es mit dem echten Leben verglichen. Nun ist das reale Leben nicht immer lustig oder mit einem Happy End versehen. Mein Leben selbst hat spät eine Wendung erfahren, die eigentlich nicht in meinem persönlichen Drehbuch vorgesehen war.

Doch-

Die Liebe ist ein seltsames Spiel,
Sie kommt und geht von einem zum andern.
Sie gibt uns alles, doch sie nimmt auch viel zu viel,
Die Liebe ist ein seltsames Spiel.

Ich fand viele Männer im fortgeschrittenen Alter entsetzlich. Die, die übrig waren, *(also geschieden, verwitwet oder wirklich noch Single)* waren dazu oftmals dermaßen schräg, dass ich überlegte, diesen Herren besser einen Platz auf meiner Therapeutencouch im Persönlichkeitscoaching anzubieten.

Doch wie das Leben so spielt – es kommt immer anders, als man(n) oder frau denkt. Genau wie meine *Rieke Botany* in dieser Persiflage habe ich ebenfalls in späten Jahren den Mann meines Lebens gefunden.

Die Geschichte hinter der Geschichte

Rüdiger Joswig war so nett, für diese Persiflage auf die Serie *„Küstenwache"*, ein Vorwort zu schreiben, und ich bin unendlich stolz und dankbar dafür, dass er – alias *Kapitän Holger Ehlers* – sich die Zeit und Muße genommen hat, um für Fans der Serie einen ganz persönlichen Einblick in die Welt des *„Holger Ehlers"* und den Dreharbeiten zu geben. Als ich ihn während der Premiere zu dem Bühnenstück *„Wanja, Mascha, Sonja und Spike"* von **Christopher Durang** im März 2015 in Iserlohn traf, habe ich ihn darauf angesprochen, ob er nicht Lust hätte, mit ein paar persönlichen Worten zu diesem Buch beizutragen. Mir war es besonders wichtig, dass diese Verulkung der *„Küstenwache"* nicht veröffentlicht wird, bevor Rüdiger Joswig dazu etwas niederschreibt.

Für viele Fans war es in 2012 beim letzten Küstenwachentag in Neustadt i. Holstein ein Schock, als über den *„Flurfunk"* verbreitet wurde, dass Rüdiger Joswig gegen Ende des Jahres 2012 aus der Serie aussteigen sollte. Eine Katastrophe noch dazu, war die Figur des **Holger Ehlers** die zentrale Figur in dieser Serie. Eine *„Küstenwache"* ohne Rüdiger Joswig konnte sich niemand vorstellen. Nachdem die Drehbücher und die Stories jedoch immer flacher und alberner wurden, und man *Andreas Arnstedt* alias *„***Norge***"* bereits sang und klanglos herausgeschrieben hatte, war allen klar, dass das der Anfang vom

Ende der ALBATROS II war und die Überlebenschancen dieser Serie gegen null tendierten.

In 2013 wurde die 17. Staffel mit der Episode 299 als letzte Staffel gedreht. *Manou Lubowski* stieg in der 16. Staffel/Folge 274 auf die Brücke der ALBATROS II und ersetzte als *Thure Sander* unseren sehr geschätzten *Kapitän Ehlers*. Genau das hat mich dazu bewogen, die erste Version dieser Persiflage in 2012 passend zum Ausstieg von Rüdiger Joswig zu schreiben.

Denn um die letzte Folge mit *Rüdiger Joswig* alias **Holger Ehlers** wurde ein großes Geheimnis gemacht. Die Fans haben spekuliert, was das Zeugs hielt. Also – was sollte passieren, wenn der „*Boss*" geht? Was würde mit *Kapitän Ehlers* passieren? Würden die Drehbuchautoren Ehlers sterben lassen? Ein grauslicher Gedanke! Oder würde er in den Ruhestand gehen und als Haus und Ehemann **Henrike Matanis** Haushalt führen, während sie als Journalistin durch die Welt jettet, immer auf der Suche nach einer brisanten Story? Fragen über Fragen …

Als die letzte Folge (Episode 273) verspätet im März 2014 mit *Rüdiger Joswig* über den Sender flimmerte, saßen wir wie gebannt davor – und wurden vom Ergebnis überrascht. Wenigstens haben die Drehbuchautoren ihn nicht sterben lassen, sondern stattdessen für ein Projektaufbau einer Küstenwache nach Somalia mit UN-Mandat geschickt. In dieser Folge spielte auch Joswigs Frau, Claudia Wenzel die Staatssekretärin Susanne Sondheim, die ihn zusammen mit Gruber zu dieser Entscheidung drängte. Ich dachte mir in 2012: Egal was das ZDF an Drehbuch herausgeben würde – *ich* möchte etwas anderes. Ich möchte all das haben, was in der „wahren" Serie niemals hätte Platz haben dürfen. *Sex, Crime and Rock n' Roll!!* Die vorliegende Geschichte rund um die *„Wasserschutzpolizei unterer Niederrhein"* und ihres Einsatzschiffes **„WSP63", die es natürlich in der realen Welt der Wasserschutzpolizei in dieser Form nicht gibt,** hat als Grundlage die Charaktere der „ALBATROS II". Nur – eben etwas durchgeknallter, als die Originalcrew. *Meine* Charaktere dürfen alles, was die Originale nicht durften. Vor allem, der Kapitän meiner **WSP63**. Natürlich ähnelt nicht nur er äußerlich dem Kapitän Ehlers. Die Charakterzüge aller Mitspieler sind jedoch **weit überzeichnet und agieren** in ihrer Figur als typische Niederrheiner! Diese Spezies ist ein Völkchen für sich! Sie hinterfragen alles 3x und halten somit auch unsinnige Konversationen über Stunden in Gang … Ich muss das wissen, letztlich bin ich hier geboren und aufgewachsen.

Davon ab hat es mich gestört, dass *Kapitän Ehlers* der Einzige war, der nie als Mann agieren durfte. Seine Freundinnen in der Serie – bis auf die Letzte, *Henrike Matani* (gespielt von der wunderbaren **Gisa Zach**) waren leider für meinen Geschmack alle etwas zu jung für ihn. Doch wie auch im richtigen Leben, wo ältere Männer sich gerne mit jüngeren Frauen abgeben, ist es auch in der Serie. Mein **Kapitän Ehring** hat die gleichen Probleme wie sein „*Leidensgenosse"* **Ehlers**, nur darf er in meiner Story sich endlich als Mann beweisen. Nebenbei ergattert er eine gleichaltrige, wunderbar jung gebliebene Dame. Das gab es in der Serie nicht.

Wer „50 Shades of Grey" gelesen hat, wird mit meiner „inneren Göttin" oder *„dem inneren Adonis"* an die Einschübe im Buch von *E.L. James* erinnert werden. Solche Einschübe habe ich auch im Buch benutzt. Ich nutze sehr gerne diese Spielart in der Satire. Sie finden hier mindestens genauso oft Anspielungen darauf, ebenso viele aus dem Genre Pilcher und Co.

Ich finde es wichtig, auch ein bisschen Romantik in die Szenen zwischen *Ehring* und seiner Angebeteten zu bringen. Letztlich Sachen, die in der Originalserie so oft zu kurz kamen.

Die **Bundespolizei zur See** und auch unsere **Wasserschutzpolizei** mögen mir verzeihen – ich weiß nicht einmal, ob die WaPo's tatsächlich ein Koch an Bord haben … In dieser Satire ist diese Besetzung des Schiffes – also die Crew frei erfunden!

Deswegen betone ich erneut, dass diese Story **frei erfunden** ist - Ähnlichkeiten mit lebenden Personen wären auch rein zufällig und auf keinen Fall beabsichtigt.

Übrigens – wundern Sie sich nicht über diverse „Markennamen", ich arbeite hier aus dramaturgischen Gründen mit *Produktplacement* – so wie das ZDF auch. Nur werde ich nicht darüber gesponsert.

An dieser Stelle bedanke ich mich erneut bei allen Schauspielern, die ich in den Jahren 2010-2012 in Neustadt, in Cuxhaven und Lübeck auch ein bisschen von ihrer privaten Seite sehen und erleben durfte. Ich konnte es mir nicht vorstellen, einen Küstenwachentag in Neustadt i. Holstein, ohne Rüdiger Joswig und die anderen Darsteller zu erleben.

Doch seit 2014 ist das passé. Kein Küstenwachentag mehr, keine Schauspieler – nichts. Das Studio I in Neustadt wurde als Erstes komplett rückgebaut. Auch das seinerzeit „neue Studio" wurde etwas später entfernt. Nichts erinnert heute mehr an die Serie *Küstenwache*, an die Schauspieler oder an die Schiffe. Die beiden Schiffe, die **Bad Düben** und die **Neustrelitz** der Bundespolizei zur See, die auch für die Serie zur Verfügung standen, wurden am 27.06.2017 offiziell außer Dienst gestellt und verschrottet. Kalles Kneipe, die in Neustadt original „*Störtebeker*" hieß, brannte in der Nacht vom 15.08.2017 auf den 16.08.2017 komplett ab. Kein schöner Anblick!

Die schöne Zeit, die ich mit und um diese Serie an der Ostsee hatte, werde ich nicht vergessen. Es bleibt eine wunderschöne Erinnerung, die ich nicht missen möchte. Deswegen möchte ich mich mit dieser Persiflage speziell bei **Rüdiger Joswig** und seiner bezaubernden Frau **Claudia Wenzel** bedanken, die mich immer wieder mit ihrem natürlichen Charme und ihrer Herzenswärme begeisterten.

Ich persifliere prinzipiell nur Dinge, die mir am Herzen liegen. Eine gute Persiflage schreibt sich nur dann, wenn man das, was man karikiert, liebt. Und das tue ich, immer noch.

Schermbeck, im April 2021

SiSu

Lightning Source UK Ltd.
Milton Keynes UK
UKHW020655040621
384928UK00011B/865

9 783754 301074